白 牙

WHITE FANG

[美]杰克·伦敦/著

刘士聪/译

中国青年出版社

（京）新登字083号

图书在版编目（CIP）数据

白牙/〔美〕杰克·伦敦（London,J.）著；刘士聪译. —北京：
中国青年出版社，2012.12
（Youth经典译丛）
ISBN 978-7-5153-1218-7

Ⅰ.①白…　Ⅱ.①杰…②刘…　Ⅲ.①长篇小说-美国-近
代　Ⅳ.①I712.44

中国版本图书馆CIP数据核字（2012）第265728号

责任编辑：谢肇文

中国青年出版社出版 发行

社址：北京东四十二条21号　邮政编码：100708
网址：www.cyp.com.cn
编辑部电话：(010)57350420
门市部电话：(010)57350370
三河市君旺印装厂印刷　新华书店经销
＊
635×965　1/16　13印张　9插页　130千字
2012年12月北京第1版　2013年8月河北第2次印刷
印数：5001-8000册　定价：23.00元
本图书如有印装质量问题，请凭购书发票与质检部联系调换
联系电话：(010)57350337

其余的狼也都坐起来，鼻子朝天嚎叫。这是饥饿的叫声。（见 28 页）

目　录

第一章 荒野

一 跟踪觅食

在已经结了冰的河道两岸，幽暗的枞树林紧锁着眉头。树上的白霜已被前几天的一场大风刮得一干二净，现在这些树好像相互依偎在一起，在渐渐昏暗的光线里显得阴森森的，预示着不祥。无边的寂静笼罩着大地，大地一片荒凉，毫无生机，一切都处于静止状态。这里的孤寂和寒冷给人一种比悲凉更甚的感觉，置身其中，似乎能听见隐隐约约的一丝冷笑——比悲哀还要可怕，有如斯芬克斯^①的笑，冷似寒霜，渗透着一种不容置疑的严峻。那是永恒的宇宙在用它那专横而又神秘的睿智嘲笑正在徒劳挣扎的生命。这就是荒野，冷酷无情的北国荒野。

实际上，那里到处都有生命——蔑视一切的生命。沿着那条结了冰的河道，一队狼狗在奔跑，它们身上的长毛挂满了白霜，嘴里呼出来的水汽立即冻成冰，然后挂在毛茸茸的身上，形成白晶晶的霜。这些狗身上都套着皮带，连着后面的雪橇。雪橇是用十分坚固的桦树皮做成的，底下没有滑轨，整个橇底平放在雪面上。为了不被前面涌起来的雪挡住橇身，橇头像纸卷一样向上翘起。雪橇上放着一个长方形的木箱子，用绳子牢牢系住。此外，还有两三条毯子，一把斧头，一个咖啡壶和一个炒菜锅。最显眼的是那个长方形木箱子，占据了多半个雪橇。

雪橇前边有一个人，穿着宽大的雪鞋，一步一步往前迈着沉重的步子，雪橇后边跟着一个人，还有一个人躺在雪橇上的木箱子里。荒野已经把这个人征服、拖垮，他永远也不会再动弹、再挣扎了，他的旅程已经结束。荒野是不喜欢有运动的，但生命却偏偏不听它这一套，因为生命本身就是运动。荒野却总是要破坏运动。它把河水冻成冰，不许它流向大海；它把树液挤出树皮以外，再把大树彻底冻死。然而，最残酷、最可怕的还不止此，荒野还不断对人进行骚扰，企图彻底把人制伏——因为人最不安分，人是所有的运动最终都将停止这一说法的叛逆者。

---

① 希腊神话中的带翼狮身女性。传说她常叫过路行人猜谜，猜不出者即遭杀害。

但是，在雪橇的一前一后，两个还活着的人仍在跋涉，仍在无所畏惧、不屈不挠地跋涉。他们身上裹着只经过简单加工处理的毛皮。他们呼出的水汽冻成冰碴沾在睫毛、面颊以及嘴唇上，把他们变得面目全非，看上去很像鬼脸儿，又像阴曹地府里为鬼魂操办丧礼的司事。实际上，他们都是人间的人，是向那死寂荒凉和正在嘲笑他们的大地进发的人。他们是小人物在冒大险，尽管这世界如同宇宙一样深不可测、死气沉沉，他们也要和它一比高低。

他们默默地往前走着，为了节省气力，一句话也不说。静寂的气氛从四面八方向他们袭来，几乎可以用手摸着。这气氛对他们的心理影响很大，就像水下的复杂环境影响潜水员的身体一样。广袤无垠的荒野和无法改变的命运给他们造成沉重的压力，把他们压迫到自己心灵的最后边缘，就像挤葡萄汁一样，把他们隐藏在灵魂深处的虚假的热情和夸大了的自我价值挤得一干二净，使他们看清自己的局限和渺小。他们就像在大气层里飘浮的尘埃那样无可奈何，被这莽悍的大自然任意耍来耍去。

一个钟头过去了，又一个钟头过去了。当那没有阳光而又短暂的白昼开始变得暗淡时，从远处静止的空气里传来一阵微弱的嚎叫声，叫声迅速升到天空，变得越来越尖利。叫声在空中颤动了一会儿，又渐渐消失了，让人感到紧张。若不是那声音里透露着一种尖利的悲腔和难挨的饥饿感，你会以为那是一个迷失方向的灵魂在哭泣。走在前边的人回头看看后边的人，后边的人也看了看他，他们互相点了点头。

空气里又传来一阵嗥叫声，像针尖似的刺破沉静的上空。他们知道这声音是从哪里传来的，是在后边雪地上的某个地方。第三次嗥叫是回答声，也是从后边略偏左一点的地方传来的。

"它们在追我们，比尔。"走在前边的人说，嗓子有点嘶哑，好像不是他自己的声音。显然，他说话有点吃力。

"食物太少了，"他的伙伴回答，"好几天了，连个兔子影儿都没看见。"

然后，他们再没说什么，只是竖直了耳朵听后边传来的叫声。夜幕降临的时候，他们把狗赶到河边的几棵枞树中间，准备在那里过夜。他们把那口棺材放在火堆旁边，既当凳子又当桌子。那几条狼狗离火堆远远地偎在一起，互相吵叫着，但没有要溜走的意思。

"亨利，我看这回它们离我们够近的。"比尔说。

亨利这时正蹲在火堆旁边，点了点头，顺手往咖啡壶里放了一块冰，然后默默地坐在棺材上，开始吃起来。

"它们很清楚什么地方安全，"他说，"有东西吃总比被吃掉好。它们很机灵，这些狗。"

比尔摇了摇头："唉，谁知道呢。"

他的伙伴奇怪地看了看他："头一回听你这样说。"

"亨利，"比尔说，嘴里一下一下地嚼着豆子，"我喂它们的时候它们乱跳，你注意了吗？"

"它们确实比以往爱跳踏。"亨利承认。

"我们有几只狗，亨利？"

"六只。"

"那么，亨利……"为了让他的话听起来更有分量，比尔略停了一会儿，"我刚才说过，亨利，我们是有六只狗。我从袋子里取了六条鱼，每只狗一条，可是，亨利，我发现少了一条鱼。"

"你数错了。"

"我们有六只狗，"比尔不紧不慢地说，"我取出来六条鱼，可是一只耳没吃着，我又回来从袋子里给它拿了一条。"

"我们只有六只狗。"亨利说。

"亨利，"比尔接着说，"我想它们不一定都是狗，可是有七只吃了鱼。"

亨利的嘴停止了咀嚼，用眼睛数火堆对面的狗。

"现在只有六只。"他说。

"我看见有一只往雪地里跑去了，"比尔很肯定地说，"我看见七只。"

他的伙伴同情地看了看他，然后说："等这趟苦差跑完了，我真会美死的。"

"什么意思？"比尔问。

"我是说我们这次担子很重，把你弄得精神很紧张。我是说你有点眼花了。"

"我估计到了，"比尔很郑重地说，"所以，它往雪地里跑的时候，我一看，雪地上有一溜脚印。我再一数狗，还是六只。现在雪地里还有脚印呢。你想看看吗？我领你去。"

亨利没言语，只是一声不响地吃东西，吃完饭又喝了一杯咖啡，然后用手背抹抹嘴角说：

"那么你估计是……"

这时从黑暗中传来一声凄惨的长嗥声，他停下来听了一会儿，用手指着传来叫声的方向问："是一伙的吗？"

比尔点了点头："没错。你没听见狗在乱叫吗？"

嗥叫声此起彼伏，从四面八方传来，打破了黑夜的宁静，狗吓得都凑到火堆跟前，身上的毛都烤热了。比尔往火里添了点木头，然后点着了烟斗。

"我看你有点泄气了。"亨利说。

"亨利……"比尔若有所思地吸了一口烟斗接着说，"亨利，我看他比你我的运气都好。"

他大拇指往下一戳，指着屁股底下的棺材说。

"你我这样的，亨利，等我们咽气那天，要是能有足够的石头把我们的尸首盖住，别叫野狗叼了去就不错了。"

"可我们和他不同，我们一没人，二没钱，什么也没有。"亨利又说，"出大殡我们是绝对操办不起的。"

"我有一点不明白，亨利，像他这样体面的人，在他的国家里怎么也可以算得上高枕无忧、吃穿不愁的人，为什么偏要跑到这个鬼地方来瞎闯？我真是不明白。"

"他要是守在家里，准能活到寿终正寝。"亨利表示同意。

比尔刚张开嘴要说话又改变了主意。黑暗像一堵高墙将他们团团围住。他用手向黑暗处指了指，那里黑乎乎的，只有一对眼睛，活像两块正在燃烧的煤，熠熠发光。亨利点着头一对一对地数着。一圈闪亮的眼睛把他们的住地团团包围了。有时，两只眼睛在那里晃动一下，消失了，过一会儿又出现了。狗越来越焦躁不安，吓得都挤到火堆旁边，偎缩在比尔和亨利的脚下。有一只狗在火堆边上绊倒了，烧着了毛，空气里散发着一阵阵焦味，这只狗连吓带疼，汪汪乱叫。这一阵乱哄哄的场面使周围的眼睛骚动了一会儿，后退了好几步。等狗安静下来以后，它们也静下来了。

"亨利，真倒霉，没有子弹了。"

晚饭以前，比尔在雪地上放下一些枞树枝，现在他吸完烟斗，正在给伙伴往上面铺皮褥和毯子。亨利鼻子里重重地哼了一声，开始解鞋带。

"你刚才说还剩几颗子弹来着？"比尔问。

"三颗。要是三百就好了，那我就可以给它们点颜色瞧瞧，妈的！"

他恨恨地冲着周围闪闪发亮的眼睛挥了一下拳头，然后把他的平底鞋架在火堆旁边。

"糟糕的鬼天气缓一缓就好了，"比尔继续说，"两个星期了，一直是零下二十多度。我真不该出来跑这一趟，亨利。我不喜欢这儿的气氛，我总觉得有点不对劲儿。说来说去，还是赶紧跑完这趟交差了事，然后咱们到麦格里堡围着火炉打牌去。这是我唯一的愿望。"

亨利咕哝着爬进了被窝。他刚睡着就被他的伙伴叫醒了。

"我说，亨利，那个家伙跑来吃鱼时，这些狗为什么不咬它呢?真气人。"

"你可真爱生气，比尔，"亨利迷迷糊糊地回答，"从前你可不是这样。闭上嘴睡觉吧！明儿早晨就好了。你的胃口不太好，这倒是真格的。"

两个人肩并肩盖着一条毯子，喘着粗气睡着了。火堆上的火苗渐渐变小，周围的眼睛所形成的包围圈也变小。狗吓得缩在一起。当四面的眼睛步步逼近时，狗有时也叫两声吓唬吓唬。有一回它们的叫声把比尔吵醒了。他轻轻地爬出被窝，生怕惊动亨利，往火堆里添了点木头。当火苗又旺起来时，周围的眼睛就往后退。他朝那些缩成一团的狗瞥了瞥，揉了揉自己的眼睛又使劲瞪了它们一眼，然后就钻回被窝里睡了。

"亨利！"他喊道，"我说亨利！"

"又怎么了？"亨利醒来时不耐烦地嘟哝着。

"没怎么，"比尔说，"现在又是七只了，我刚刚数过。"

亨利哼了一声表示听见了，然后又打着鼾声睡着了。

第二天早上亨利一醒就把比尔从被窝里拽出来。虽然已是早晨六点，可离天亮还远着呢。亨利摸黑准备早饭，比尔叠好毯子就去收拾雪橇。

"我说亨利，"他突然问，"你说咱们有几只狗？"

"六只。"

"不对。"比尔满有把握地说。

"又七只？"亨利问。

"不对，五只。又跑了一只。"

"糟糕！"亨利气哼哼地说着，丢开正在火上热着的早饭，也去数狗。

"你说得对，比尔，"亨利说，"胖子跑了。"

"这家伙跑起来像闪电，烟气腾腾的没法看见它。"

"这下可完了，"亨利说，"它们准是把它活吞了。我敢打赌，狼群吃它的时候它一定还在叫。妈的！"

"这只狗真傻。"比尔说。

"可是再傻的狗也不至于这么去送死。"亨利打量着剩下的几只狗，立即就下了结论，"我敢说，剩下的这几只不会跑了。"

"你就是用棍子打它们也打不走的，"比尔表示同意，"我总觉得胖子有点毛病，真的。"

这是为死在北国荒野的狗写的一篇祭文，这篇祭文和为其他的狗或人写的祭文比较起来，已经不算短了。

二 母狼

吃完早饭，他们把几件轻便的行李和用具系在雪橇上，离开仍在燃烧的火堆。但刚摸黑上路，立刻就听见那尖利、凄凉的叫声，在寒冷的黑夜里此起彼伏。他们一路上默默地走着。大约九点钟天亮了。中午时分，玫瑰色的太阳高悬南天，照得大地暖烘烘的。前边的土岗把阳光普照的南面和阴冷的北边的大地分成两个世界。可是，太阳的玫瑰色很快消失，灰暗的余光到午后三点左右也消失了，北极的黑夜即将笼罩这静寂的大地。

随着黑夜的降临，那叫声从左右两边、从后边步步逼近，正在奔跑的狗吓得惊慌失措。有一回，比尔把吓得左右乱窜的狗拉回来以后对亨利说：

"但愿它们在别处找到吃的，就别老跟在我们后边了。"

"是让人感到精神紧张。"亨利很理解比尔。

直到晚上又停下来过夜，他们谁也没再说什么。

亨利正弯腰往煮豆子的罐里加冰块，突然听到啪的一声响，然后比尔大喊一声，接着就从狗群里传来一阵疼痛的叫声。他直起腰，正好看见一个模模糊糊的影子穿过雪地消失在黑暗里。然后又看见比尔站在狗群当中，又得意又恼火的样子，一手拿着一根木棒，一手提着一条晒干的大马哈鱼的尾巴。

"它咬去了一半，"他说，"可我还是狠狠地给了它一棍子，你听见它叫了吗？"

"长得什么样儿？"亨利问。

"看不清。四条腿，一张嘴，浑身是毛，跟狗一样。"

"准是不怕人的狼，我想。"

"肯定是的。不管怎么样，它专门在喂食的时候来，把一条鱼咬去一大半。"

吃完晚饭他们坐在长方形木箱子上抽烟斗，那一圈闪亮的眼睛包围得更紧了。

"要是它们盯上一群麋鹿什么的，别老跟着我们跑多好。"

比尔说。

亨利哼了一声，那声调不完全是同意。他们默默地坐了大约一刻钟，亨利眼睛看着火堆，比尔盯着在火光周围黑暗处闪闪发光的那些眼睛。

"我真希望我们现在已经回到了麦格里堡。"他又开口了。

"你给我闭上嘴吧，别老是希望这希望那的。"亨利生气地说，"你的胃口不好，你的问题在这儿。喝一勺豆粥你就乖了。"

早晨，亨利被比尔骂骂咧咧的声音吵醒了。他用胳膊肘支起身子，看见比尔正在火堆旁边和狗站在一起，比划着手在骂，脸气得变了形。

"喂！"亨利喊道，"又出什么事儿啦？"

"蛤蟆跑啦。"

"不可能。"

"我跟你说，它跑啦。"

亨利撩开毯子，起身冲到狗跟前。他仔细数了一遍，然后和比尔一起诅咒这该死的荒野又抢走了一只狗。

"蛤蟆是这群狗里最有劲儿的一只。"比尔说。

"而且很聪明。"亨利又加了一句。

这是在两天之内他们给狗作的第二篇祭文。

他们闷闷不乐地吃了早饭，然后把剩下的四只狗套在雪橇上，和前几天一样，在结了冰的雪地上默默地跋涉着。大地一片静寂，只有那些暗地里紧跟着他们的追踪者不时传来阵阵嚎叫声。午后不久，夜幕降临。和往常一样，追踪者的嗥声越来越近。拉雪橇的狗变得惶恐不安，在路上惊慌乱窜，两个主人的情绪变得越发低落。

"嘿！这回看你们往哪儿跑。"那天晚上比尔拴好了狗后，站在那里很得意地说。

亨利离开正在煮着的晚饭跑过来，比尔已经把狗都拴起来，是按照印第安人的办法用木棍子拴的。他在大约四五尺长的粗木棍的两端拴上皮带，一端套在狗的脖子上，一端系在埋在地里的木桩上。狗咬不着套在脖子上的皮带，也咬不着系在木桩上的皮带。

亨利点了点头，很赞赏这个办法。

"只有这个办法能制伏一只耳，"他说，"它那些牙齿咬起皮子来就跟刀子一样，比刀子还得快一半儿。明天早晨再看吧，都得老老实实待在这儿。"

"没错，"比尔很有把握地说，"要是有一个跑了，我就不喝咖啡。"

"它们知道我们枪里没装子弹，"亨利睡觉的时候说，他是指周围那些闪闪发光的眼睛，"要是啪啪给它们两枪，它们就得放规矩些。这些家伙围得一天比一天近。你避开火光使劲看——在那儿。看见那只了吗？"

他们一面看着火堆周围那些晃来晃去模糊不清的影子，一面说说笑笑。他们的注意力集中在黑暗里一对贼亮的眼睛上，仔细看能看出它的形状，有时还能看见它在晃动。

突然，传来一阵狗的叫声，他们回头看时，一只耳正对着一片漆黑的地方汪汪直叫，拼命想挣脱皮带的束缚，时而用牙齿猛咬木棍。

"比尔，你看那儿。"亨利悄悄说。

一只跟狗一样的动物偷偷摸摸地正侧着身子向火光这边移动，小心翼翼，同时又很大胆，一面观察人的动静，注意力却集中在狗身上。一只耳脖子上拴着木棍，冲着入侵者着急地叫着。

"傻一只耳好像不太怕。"比尔小声说。

"那是一只母狼，"亨利也小声说，"就是它把胖子和蛤蟆引走的。它是来这儿替它的同伙当诱饵的。它把狗引出去，然后它们就一拥而上把狗吃掉。"

砰的一声，一块架在火堆上的木头掉了下来，砸得火苗噼啪作响，吓得那只奇怪的动物又跳到黑暗处。

"亨利，我在想……"比尔说。

"在想什么？"

"我想它就是我用木棍打的那只。"

"没错。"亨利说。

"还有，"比尔继续说，"这个缺德的家伙老围着篝火转，真是可疑。有点儿不对头。"

"有自尊心的狼肯定不像它这样，"亨利表示同意，"它总是在狗吃食的时候闯进来，这说明它很有经验。"

"老韦兰曾经有一只狗，后来跟狼群跑了，"比尔自言自语地说，"这我是知道的。在麋鹿经常出没的小史蒂克草地里，我看见它和狼群在一起，开枪把它打跑了。老韦兰哭得像个孩子似的。三年没看见它了，他说。本恩一直和狼群在一起。"

"我想这回找到你头上来了，比尔。那只狼是狗，好几次它是从手里直接把鱼叼走的。"

"等我抓个机会把它干掉炖着吃了，"比尔说，"不能再让它把狗引走了。"

"可你只剩下三颗子弹了。"亨利反驳说。

"等着，我一枪就要它的命。"

早晨起来，亨利拨着了火苗开始做早饭，比尔还在被窝里打呼噜。

"你睡得真香，"亨利伸手把他拽起来吃早饭，"我真不想叫醒你。"

比尔睡眼惺忪地吃起来了。他注意到杯子是空的，就伸手拿咖啡壶，可咖啡壶在亨利身边，够不着。

"我说，亨利，"他轻声说，"你忘了点什么吧？"

亨利前后左右仔细看了一遍，然后摇了摇头。比尔把空杯子举给他看。

"你别喝咖啡啦。"亨利说。

"咖啡喝光了？"比尔急切地问。

"没有。"

"你怕我胃口不好？"

"不是。"

比尔急得涨红了脸。

"你说说那到底是怎么回事？"

"飞毛腿跑了。"亨利答道。

比尔不慌不忙地、好像甘认倒霉似的坐在原地未动，只是转过头来数了数狗。

"怎么回事？"他似乎无所谓地问。

"不知道，"亨利耸耸肩说，"除非一只耳帮它咬断皮带，不然它是没法跑的，这是肯定无疑的。"

"好小子。"比尔心里气得鼓鼓的，表面上还是慢条斯理、若无其事的样子，"咬不断自己的，却咬断飞毛腿的。"

"飞毛腿再也没有麻烦了，恐怕现在它已经进了狼肚子，跟着狼群在旷野里奔驰呢。"这是亨利为最后丢掉的狗作的祭文，"喝点咖啡吧，比尔？"

比尔摇摇头。

"来，喝点吧。"亨利举起咖啡壶。

比尔把杯子推到旁边。"我要是再喝咖啡我就该死。我说过，再丢狗我就不喝咖啡，说不喝就不喝。"

"香极了。"亨利故意馋他。

可是比尔很固执，只吃干的，没喝稀的，一面干咽东西一面嘟嘟囔囔骂一只耳捣鬼。

"今天夜里我把它们分开拴起来，让它们谁也够不着谁。"上路的时候比尔对亨利说。

亨利走在前面，还没走出多远，他的雪鞋就踢着一个东西。他弯腰将它拾起来，因为天黑看不清是什么，可是他用手一摸也就知道了。他顺手往后一扔，那东西在雪橇上弹了一下，又落在比尔的雪鞋上。

"也许你用得着它。"亨利说。

比尔"啊"地叫了一声，原来是拴飞毛腿的那根木棍子。

"它们把它连皮都吃了，"比尔说，"木棍子舔得真干净，连拴在两头的皮带都吃了。真他妈成了饿狼了。亨利，你我就等着吧，还不知要发生什么事呢。"

亨利毫不在乎地笑了笑。"我可从来没被狼群这样跟踪过，但我经历过更糟糕的场面，也没把我怎么样。就它们这几个畜生还差得远呢，比尔，我的孩子。"

"谁知道呢。"比尔心有余悸地说。

"那好，等到了麦格里堡再跟你细讲吧。"

"我并不十分感兴趣。"比尔还是嘴硬。

"你的脸色很不好，这是个问题。"亨利很武断地说，"你得吃点奎宁，一到麦格里我就给你大量吃奎宁。"

比尔咕哝着不满意亨利的诊断，可也没再说什么。这天还是和往常一样。九点天亮。十二点时，南边的地平线被不露面的太阳晒得热乎乎的，很快就是灰暗阴冷的下午，三个小时以后夜幕降临。

在太阳将要出来的时候比尔把拴在雪橇上的枪抽了出来。

"你接着往前走吧，亨利，"他说，"我去看看。"

"你最好不要离开雪橇，"亨利表示反对，"你只剩下三颗子弹了，谁知道会出什么事。"

"这是谁在唠唠叨叨？"比尔很神气地问。

亨利没再说什么，独自继续往前走着，不时回过头来焦急地看他，可他早已消失在一片灰暗孤寂的雪地里。过了一个钟头，比尔抄了一条近道，迎着雪橇赶来了。

"它们分散开了，圈子更大了，"他说，"一面紧跟着我们，一面寻找别的猎物。你看，它们跟定了，只是在等时机干掉我们。同时它们碰上什么可吃的东西就吃点。"

"你是说它们以为肯定能把我们吃了？"亨利明确地提出异议。

比尔没有理睬他。"我看见了好几只，瘦极了。我敢说，几个星期以来，除了胖子、蛤蟆和飞毛腿之外，它们一口东西也没吃过。还有好多只呢，都没走远，都瘦极了。肋条骨就像搓板似的，肚皮贴着脊梁。它们快饿疯了，我跟你说，还是小心点吧。"

又过了几分钟，这时走在雪橇后面的亨利向前面的比尔轻轻吹了一声口哨。比尔回头看看，然后不动声色地叫住了拉雪橇的狗。后面有一个毛茸茸的东西鬼鬼祟祟地跟着，就在他们刚走过来不远的地方，鼻子直冲着前方，步伐轻捷，好像滑行似的在后面颠着。他们停下，它也停下，仰起头来目不转睛地盯着他们，鼻尖微微颤动，品尝他们散发出来的气味。

"这是那只母狼。"比尔放低声音说。

这时狗都卧在雪地上，比尔走到雪橇旁和亨利凑在一起。他们眼盯着这个已经跟踪他们好几天的家伙，就是它使他们损失了三四只狗。

这家伙仔细审视了一下情况后，又向前颠了好几步。后来又往前挪动了几次，最后在距离雪橇不足一百码的地方停下，站在几棵枞树旁，仰着头用眼睛和鼻孔揣摩正在盯着它的两个人，眼睛里流露出一种期望的神情，和狗一样，但又不像狗那样面带温情。它那期望神情的背后是饥饿，就像它的狼牙一样残忍，像寒霜一样无情。

这是一只很大的狼，一看它那骨瘦如柴的身架就知道它在狼群里是最大的一只。

"站起来肩高差不多有二尺半，"亨利说，"我敢和你打赌，它的身长足有五尺。"

"毛的颜色有点奇怪，"比尔说，"从来没见过红色的狼。颜色像肉桂树皮。"

这只狼倒不是肉桂色，颜色是真正的狼毛色。基本的色调是灰，微微透红——一种若隐若现的浅红色，更像眼睛发花时的感觉，一会儿是灰色，明显的灰色，一会儿又闪现出微微的红色，但是根据日常的经验又很难说清是哪一种红。

"看上去完全像一只爱斯基摩雪橇狗，"比尔说，"它就是摇起尾巴来我都不觉得奇怪。"

"喂，雪橇狗！"他冲着它喊了一声，"不管你叫什么名字，你过来。"

"一点也不怕你。"亨利笑了一声。

比尔挥着拳大喊着吓唬它，可它一点儿也不害怕，唯一的变化是它更警觉了。它还是用那双饿狼的眼睛瞪着他们。他们就是食物，而它又饿得难受，要是它敢，扑过去就可以把他们吃了。

"我说，亨利，"比尔脑子里出现一个念头，便不知不觉地放低了声音说，"我们还有三颗子弹，这次非打死它不可。已经丢了三只狗了，不能再丢了。你说呢？"

亨利点头表示同意。比尔小心谨慎地把枪从雪橇上抽出来，正要扛到肩上，母狼侧身一跳，跑到枞树后面不见了。

两个人互相递了一个眼色，亨利吹了一声长长的会意的口哨。

"我应该想到这一点。"比尔一面把枪放回去一面大声责怪自己，"当然了，狼既然知道专门趁狗吃食的时候来，也就知道枪的厉害。我跟你说吧，亨利，这只狼可给我们添了不少麻烦。要不是因为它，我们现在应该有六只狗，而不是三只。我还要跟你说，亨利，我无论如何也要干掉它。这家伙太机灵，明着打不行，我得蹲它。我要是蹲不着它，我就不是比尔。"

"你不必走得太远，"亨利提醒他，"要是狼群一齐向你扑上来，三颗子弹算什么，就跟在地狱里空喊三声差不多。这些狼都已经饿坏了，要是它们一齐向你进攻，你可就完了，比尔。"

那天晚上他们提前宿营。三只狗怎么也不如六只狗跑得快跑得时间长，很显然，它们坚持不下去了。比尔把狗拴好，拉开距离，谁也咬不着谁的皮带，然后，他们两人就早早睡了。

可是，这些狼胆子越来越大，他们被闹醒好几次。狼群逼得越来越近，把狗吓得惊慌失措。他们一连起来好几次往火堆里添木头，不叫狼群靠近。

"我听海员们说过鲨鱼跟踪船只的事，"比尔往火里添完木头回被窝时这样说，"这些狼就是陆地上的鲨鱼，它们比我们内行。这样不紧不慢地跟着我们是为了保存体力，它们迟早会把我们吃掉的，肯定的，亨利。"

"你要是这么说的话，那你已经被狼吃掉了一半。"亨利不客气地反驳道，"看你吓得这样儿，就已经被吃掉一半了。"

"比你我强的人它们都吃过。"比尔说。

"咳，别啰嗦了。你烦死人了。"

亨利气呼呼地侧过身去，可是他很奇怪，比尔并没有对他发火。往常比尔沾火就着，今天不知怎么回事。亨利琢磨来琢磨去怎么也睡不着。当他迷迷糊糊快睡着的时候，脑子里还在想："比尔准是情绪不好，明天一早儿得给他打打气。"

三 饥饿的呼啸

这天早晨起来还算顺利，夜里没有丢狗。他们心情比较轻松，于是，冒着严寒，摸黑上路了。比尔好像已经忘记前一天晚上萦绕在心头的不祥预兆，中午时分，雪橇在一处高低不平的地段翻了跟头，那时比尔还和狗开玩笑呢。

很糟糕，雪橇翻了个底朝天，夹在一棵树干和一块大石头中间。为了把雪橇拉出来，只好把狗卸了。他们正使劲搬雪橇时，亨利看见一只耳偷着溜走了。

"嘿，一只耳！"他喊了一声，转身就追。

可是，一只耳撒腿就朝雪地里跑，身后留下一串脚印。原来，那只母狼就在后边不远的雪地里等着呢。一只耳走近母狼时，突然警惕起来，它放慢脚步，犹豫了一阵就停下了。它用谨慎而又怀疑的眼光打量着母狼，可是，眼睛里又带有几分渴望的神情。母狼张开大嘴冲着它笑，好像不是在吓唬它，而是在向它讨好，逗它玩儿似的向它靠近几步，然后又停下。一只耳也向前挪了两步，仍然很警惕，翘着尾巴，竖着耳朵，头抬得高高的。

它上前去闻母狼的鼻子，母狼忸忸怩怩地往后退。一只耳进一步，母狼退一步。就这样一步一步往前进，离它的主人们越来越远。有一回，它那机智的脑袋警惕了，回过头来看那翻在地上的雪橇、它的同伴、看正在招呼它回去的主人。

可是，不管它脑子里在想什么，只要母狼一上来和它对着鼻子闻，它的一切念头都消失了，跟着母狼一步一步往前走。

这时比尔想起他的枪，可是枪被压在雪橇里。等亨利帮他上好子弹，一只耳和母狼已经靠得太近，无法开枪。

当一只耳意识到它犯了错误时已经太晚了。突然间，不知为什么，只见它回头朝主人跑过来。然后，十几只瘦骨嶙峋的大灰狼从雪地里斜插过来，截断它的退路。这时，母狼那忸怩的姿态早已飞到九霄云外。它大叫一声，向一只耳猛扑过去，用肩膀将一只耳撞翻在地。一只耳还是拼命往雪橇这边跑。它改变方向，想绕道回到雪橇那里。可是又有许多狼一齐追上来。母狼跟在一只耳身后只有一步之隔，穷追不舍。

"你上哪儿去？"亨利一把抓住比尔的胳膊问。

比尔甩开亨利的手说："我再也忍受不下去了，但凡有一点办法，我也不让它们再吃掉一只狗。"

于是，他提着枪钻进雪道旁边的树丛里。比尔的打算是显而易见的。因为一只耳正在以雪橇为中心兜圈子，他想在一只耳跑的弧形线上把正在追赶它的狼群截住。白天里狼看见枪时有可能被吓住，这样一只耳就可以得救。

"我说，比尔，"亨利在后面喊，"当心啊！别冒险啊！"现在亨利无事可干，便坐在雪橇上远远地望着他。比尔不见了，可是一只耳还在矮树丛和枞树林里时隐时现地奔跑着。亨利心想，这下一只耳完了。一只耳已经意识到自己的危险处境，它是在外圈跑，而狼群是在里圈跑，要想甩掉狼的追击，穿过它们的包围圈再回到雪橇去，那简直是异想天开。

三条不同的路线很快就汇合到一起。亨利很清楚，在树丛后面的某块雪地上，狼群、一只耳和比尔已经遭遇到一起了。可他万万没有想到，事情发生得这么快。他听见一声枪响，紧接着又响了两声，比尔的子弹已经用光。接着，他又听见一声长吠，那是一只耳因疼痛和恐惧发出的叫声。然后，又传来一阵狼的嗥叫声，这下一只耳彻底完蛋了。狼的叫声停止了，狗的叫声也消失了。一片静寂又笼罩了这荒凉的大地。

亨利在雪橇上独自坐了很久。还需要走过去看看出了什么事吗？没有必要了。事情很清楚，好像就发生在他的眼前。有一回，他蓦地站起来，从雪橇上抽出那把斧头，但他又坐下了，思绪万千。剩下的两只狗卧在他的脚下，浑身直打颤。

最后，他无精打采地站起来，好像他那开朗的性格骤然间变了。他把狗套在雪橇上，也在自己肩上套了一根绳子，和狗一起拉。没走多远，天就黑下来了。他赶紧安置过夜，准备了大量的劈柴，先喂了狗，自己吃完了晚饭，便靠近火堆躺下了。

可是他没有睡安稳觉的福气。还没等他合上眼，狼群就凑上来了，不用费劲就能看得清清楚楚。狼群把他和火堆团团围住，有的趴着，有的坐着，有的贴着地皮往前爬，有的鬼鬼祟祟地窜来窜去，有的甚至在睡大觉，也有一两只像狗似的蜷在雪地里。别看亨利睡不着，它们倒睡得挺好。

他把火烧得旺旺的，只有火堆能把他和狼隔开。两只狗偎在他身旁，一边一只，企望他的保护，一会儿哭泣，一会儿呜咽，狼靠得太近时，就拼命大声叫。每次他的狗一叫，周围的狼群就激动起来，有的立即站起，有的试着往前蹿，有的嗥，有的叫，然后又卧下，继续睡大觉。

包围圈不断地缩紧。这儿有一只往前蹿，那儿有一只往前挪。就这样一点一点地、一寸一寸地把圈收得很紧，最后，狼几乎一跳就可以扑到他身上。他从火堆里抓起烧着的木头朝狼群投过去，狼慌慌张张往后退，气得扯着嗓子乱叫。有一次，火棒正打在前面那只胆大妄为的狼身上，吓得它哭喊连天。

因为夜里没睡好觉，第二天早晨亨利显得疲惫憔悴。他摸黑做了早饭，九点天亮时，狼群又退回去了。夜里他想了一个主意，现在来付诸实践。他用斧头砍了一些小树，横竖交叉捆在立着的树干上，搭了一个架子，然后用雪橇上的皮带做了一根吊绳，依靠两只狗帮忙，把棺材拉到架子顶上去。

"它们既吃了比尔，也可能把我吃了，可它们永远也吃不了你，小伙子。"他冲着树枝上棺材里的死者说。

他又上路了，两只温顺的狗拉着已经轻了许多的雪橇一路跳奔着。它们也知道，只有到了麦格里堡才能脱离危险。这时后面的狼群变得更加明目张胆，沿雪道两旁紧紧地跟着，嘴里耷拉着红色的舌头，走路时身上的肋骨一根一根地暴露出来。它们瘦得就像皮袋裹着的骨头架子，细长的肌肉就像捆袋子的绳子。亨利心想，这些家伙已经瘦成这个样子竟然还能站立着，真不可思议。

他不敢等到天黑再停下来。中午时分，暖烘烘的阳光晒热了南边的地平线，把它那淡淡的金色光线投到树梢上面的天空。他意识到，现在天渐渐变长了，又能见到阳光了。可是阳光刚一消失，他就开始宿营，虽然灰暗的下午和黄昏还要持续好几个小时。他想利用这段时间多砍些木头，以备夜里烧火用。

恐怖的气氛随着夜幕的降落而来临。一方面，夜里狼的胆子更大，再说，他睡不好觉也是难受。所以，无论如何他得先打个盹儿。肩上裹着毯子，两条腿夹着斧头，两只狗紧紧地靠在身边，他偎在火堆旁睡了。他醒了一回，睁眼一看，狼群里那只最大的灰狼就卧在他眼前大约三码远的地方。他看着它时，这个畜生还像狗似的不紧不慢地伸懒腰，直冲着他打哈欠，眼睛看着他，好像在说："等着吧，你迟早是我的。"

　　他觉得整个狼群都是这样的自信。他数了数，看得见的总共十二只，不是用饥饿的眼睛盯着他，就是不动声色地卧在雪地里睡大觉。这使他联想起一群孩子，围坐在已经摆好的餐桌旁，只等一声令下就吃起来，而他本人就是摆在餐桌上的美食。他在琢磨着，这顿美餐什么时候开始，将怎样进行。

　　他在往火堆里添劈柴时，竟然发现自己的身体是一个无比美妙的杰作。他过去从来没有注意过。他看着自己身上活动着的肌肉，被自己手指灵巧的技能所吸引。他借着火光慢慢地、一遍一遍地弯曲自己的手指，有时是一根一根地弯，有时是五根一起弯，有时把手指张开，然后又很快地攥紧。他揣摩指甲的形状，然后用指甲尖向前戳，一会儿用力戳，一会儿轻轻地戳，体会这个动作所产生的感觉。这真使他着了迷。突然间，他开始喜欢自己灵巧的肌肉了，它们的动作竟是如此漂亮、如此娴熟。偶尔他也用充满恐惧的眼睛看一看随时都可能向他扑过来的狼群。当他意识到他那美妙的身体、他那灵活的肌肉只不过是饿狼们追逐的一顿美食，迟早要被它们那锐利的牙齿撕咬得粉碎，就像他吃麋鹿肉和兔子肉补充营养似的给它们当了营养品时，他就如同当头挨了一棒。

　　他从一场噩梦似的睡眠中醒了过来，一睁眼就看见那只红毛母狼出现在面前。它坐在只有五六尺远的地方，眼巴巴地望着他。他脚底下的两只狗呜呜咽咽地叫着，母狼根本就不理睬它们。它只是看着亨利，亨利也瞪了它一会儿。它那样子倒并不可怕，只是眼睛里放射出一种渴望的光芒。亨利很清楚，这渴望的光芒是产生于极度的饥饿。他就是食物，他能引起狼的食欲。它张开嘴，唾液顺着嘴角往下流，它用舌头舔着滴下来的唾液就像吃他的时候那样有滋有味。

突然间，他感到一阵恐惧。他想赶紧抓起一根烧着的木头朝母狼扔过去。但是，他刚伸出手去，还没有抓到木头，母狼早已躲到安全的地方。他知道，这对母狼来说已经是司空见惯的了。它跳开时嚎叫一声，两颗白白的狼牙连根儿都露出来了。此时它那渴望的神情不见了，露出了食肉动物的那种凶狠，使他感到胆战心惊。他看着握着火棒的手，瞧着自己那些灵敏的手指。它们紧紧捏着那根还没烧到头的粗糙的木头，小手指因为距离燃烧着的一头太近，很敏捷地蜷了回来；此时他好像看见自己的敏捷灵巧的手指正在被母狼白晃晃的牙齿咬得稀烂。他命在旦夕，因而愈加珍惜自己的身体。

整夜，他一次次地用火棒打退饥饿的狼群。刚一闭上眼，狗的叫声又把他吵醒。好容易盼到天亮，狼群却不肯走开，这可是从来没有过的现象。亨利等着它们走开，可它们就是不走。它们紧紧地围在他和火堆的四周，带着无论如何要吃掉他的神情，这就把白天的光明给他带来的勇气完全驱散。

他无论如何也要试着上路，但他刚一离开火堆，大胆的狼就朝他扑过来，好在没扑着。他及时跳了回去，狼只差五六寸的距离就咬着他的大腿。这时其他的狼也都朝他扑过来，他只好左右不停地朝它们扔火棒，好容易才把它们打退。

即使在大白天，他也不敢离开火堆去砍柴。在不足六七码远的地方有一棵干枯的枞树，他用了整整半天的工夫才把火堆延伸到那里，他预备了五六堆燃烧的劈柴，随时可以向他的敌人投过去。刚一移到那棵树跟前，就赶紧察看周围的情况，看哪边劈柴多，然后就朝那个方向砍倒那棵枯树。

这天夜里的情况和前一天一样，不同的是他实在太困，挺不住了。狗的叫声已不能再吵醒他，况且，他对它们那没完没了的叫声已经习以为常了，不论它们叫得多响，他也不理会。有一回他醒来以后吓了一跳，母狼就在他眼前不到一码的地方坐着。他本能地操起一根烧着的劈柴猛地捅进正张着的狼嘴里，它疼得大叫着跳开了。闻着它那被烧焦的肉和毛的气味心里真解气。他看着它摇晃着脑袋，连吼带叫地跳出二十尺远。

这回入睡之前，他把一根烧着的松树枝系在右手上，刚闭上眼儿分钟，松枝上烧过来的火苗就把他烤醒了。他这样坚持了好几个小时。每次醒来就用火棒把围上来的狼群赶回去，然后给火堆添点劈柴，再往手上系一根松枝。这个方法还真灵。可是有一回松枝没系紧，他刚闭眼松枝就从手上掉下来了。

他进入了梦乡，好像是到了温暖舒适的麦格里堡，他正和老板打牌，又好像是麦格里堡被狼群包围了。狼群堵住门口大声嚎叫，他和老板放下手里的牌听着，笑它们在外面干着急进不来。然后，说来也真是一个奇怪的梦，突然听见哗啦一声巨响，门被撞开了，狼群像潮水一般涌进麦格里堡的客厅，朝着他和老板直冲过来。门被撞开以后，狼的嚎声变得震耳欲聋。他有点害怕了。此后梦见什么就说不清了，只剩下不绝于耳的狼嚎声。

他醒来时真的听见狼在叫，在拼命地叫。它们已经凑到他的眼前，一只狼已经咬住了他的胳膊。他立即跳进火堆圈里。这时，又一只狼咬住他的大腿，他一跳把大腿划了一个大口子。于是，他和狼群展开了一场火战。他用戴着厚手套的手抓起火棒往四周扔去，火堆简直成了一个正在喷射岩浆的火山口。

可他坚持不了多久。他的脸上烧起了燎泡，眉毛和眼睫毛被烧掉了，两只脚烫得难以忍受。他一只手拿着一根火棒跳到火堆边上。狼群被打退了。在四周围，凡是有火棒的地方，被烧化的雪在吱吱地响着。每隔一会儿就有一只狼拼命地跳、拼命地叫，那是踩着火棒了。

他一边用火棒驱散身旁的敌人，一边把冒烟的手套扔到雪地里，同时在雪里跳来跳去以冷却双脚。两只狗这时不见了，他很清楚，它们已经成了狼群的盘中餐。这顿持续了好几天的宴席是以胖子作为第一道菜开始，并将以他自己作为最后一道菜结束。

"你们还没吃着我呢！"他一边喊一边向狼群恶狠狠地挥着拳头。狼群又叫了一阵，母狼敏捷地跳到他眼前，贪婪地望着他。

他着手实施一个新的计划。他把火堆扩大，圈成一个大的圈。他把毯子铺在火圈里融化的雪地上，然后蹲在毯子上。当狼群发现他不见了，便一齐好奇地凑到火堆边来看，"人到哪儿去了？"既然进不了火圈，它们就像狗一样围着火圈歇着，有时眨眨眼，有时打哈欠，有时伸伸懒腰。一会儿，母狼坐起来，鼻子朝天大叫一声。随之，其余的狼也都坐起来，鼻子朝天嚎叫。这是饥饿的叫声。

黎明时，火势渐渐微弱了。劈柴已经烧完，需要再拾一些。亨利试图迈出火圈，但狼群一跃而起将他拦住。此时用火棒打它们，它们不再后退，只是往旁边躲一躲。他拼命要打退它们，但他已无能为力。在他退回火圈里的时候，一只狼朝他扑过来，因为扑了空，四只爪子一齐落在火里。它惊恐万状地叫了一声，又慌忙退出去，赶紧把脚踩在雪里。

他又坐在毯子上，身子往前倾，两肩放松下垂，脑袋贴在膝盖上，这说明他已经无可奈何。偶尔抬起头来看看就要熄灭的火苗，这时火圈断断续续地已经有了漏洞。漏洞越来越大，有火的地方越来越小。

"你们想什么时间来就来吧，"他嘟哝着说，"我反正要睡觉了。"

他再醒来时，母狼正坐在火圈一个缺口处，面对面地盯着他。

好像过了很长时间，其实只是一小会儿，他又醒了。但是出现了奇迹，他惊讶得目瞪口呆。情况有了变化。起初他还没闹清楚，后来他明白了，狼群跑了。眼前只剩下被踩得狼藉不堪的雪地，他这才意识到狼群已经逼到他的脚底下。但这时他已经困得支持不住了，头刚落在膝盖上，又被惊醒了。

人的喊叫声、雪橇的咕咚声、挽具的吱吱声和狗的迫不及待的叫声响成一片。四架雪橇从河道上一齐朝树林里的营地跑来。有五六个人站在将要熄灭的火圈周围，亨利就蹲坐在火圈中间。

他们连推带搡好不容易才把他叫醒。他像喝醉酒似的看着他们，嘴里含含糊糊地像在说梦话：

"红毛母狼……狗吃食的时候来……它先吃狗食……又吃了狗……然后又吃了比尔……"

"艾尔弗雷德勋爵在哪儿？"其中一个人冲着他的耳朵喊道，一面用手使劲推他。

他慢慢地摇着头说："狼没有吃他……他在后面的一棵树上躺着呢。"

"死啦？"那人高声嚷起来。

"在一个箱子里。"他不耐烦地一甩肩把那人的手甩开，"我说，别打搅我好不好？我都快困死了……晚安，诸位。"

他眨了眨眼又睡着了，下巴顶着胸口。他们把他放倒在毯子上时，他的鼾声已经在寒冷的空气里震荡开来。

与此同时，他们又听见另一个声音。那隐隐约约的声音来自远方，还是那群饥饿的狼在叫。它们没有吃着亨利，又在别处找到了新的食物。

独眼狼把松鸡放在一旁，观看这场以生命为代价的游戏。（见 46 页）

第二章 　荒野之子

——

一　牙战

是母狼首先听见人的吆喝声和狗的吠声，也是母狼首先从被围困在火堆中间的亨利身边逃走。狼群不情愿放弃已经到手的猎物，它们迟疑了片刻，确信听到了人呼犬吠的嘈杂声在步步逼近，才跟着母狼溜了。

跑在最前边的是一只大灰狼——这是狼群的一个头领，就是它领着狼群跟着母狼跑。若有哪一只年轻的狼胆敢超越它，它就大声吼叫以示警告，或是用那长长的利齿把它们咬得伤痕累累。

现在它看见母狼正在前面的雪地里慢慢跑着，就加快步伐带领狼群追了上去。

等狼群追上来，母狼就挨着大灰狼一起往前跑，好像那个位置就是给它留的。母狼偶尔往前蹿出几步，大灰狼并不朝它叫，也不咬它。相反，它好像总是讨好母狼，因为它总是挨近它——母狼不喜欢它这样。每次它靠得太近，母狼就龇着牙冲它大叫。有时母狼也免不了朝它的肩头上咬一口，它也不生气，只是往旁边一躲，笨手笨脚地往前跑出几步，那举止就像讨了没趣儿的乡下小伙子一样。

母狼的左侧有大灰狼不时捣乱，它的右侧也有麻烦。跑在它右边的是一只骨瘦如柴的老狼，灰色的长毛下面布满了伤痕。它总是在右边跑，为什么呢，因为它只有一只眼——一只左眼。它也是爱挤母狼，常用它那受了伤的鼻头碰母狼的身子或脖子。母狼也像对付左面的大灰狼一样，用牙齿来驱赶它；若是两边的狼同时挤它，它就左右开弓，把两个求婚者都赶开，同时，它还需当心脚下的路，不停地带着狼群往前跑。每逢此刻，两边的狼就亮出利齿叫着互相威胁。若不是狼群饿得难受，急于要找到食物，这两个争风吃醋的情敌定会决斗。

每次母狼把老独眼狼咬跑，老狼突然躲闪时，总是撞在它右面的一只三岁小狼身上。这只小狼已经发育成熟，和其余那些饥饿瘦弱的狼相比，这小家伙精力够旺盛的。可是它跑得太靠前，脑袋和老独眼狼的肩膀齐平了。当它大着胆子要与独眼狼并驾齐驱时(这种情况并不多)，独眼狼就大叫一声用肩膀把它撞回来。有时，它慢慢地溜到后面，又小心翼翼地挤在老狼和母狼中间。它的这种行为引起双方、甚至三方的反感。母狼愤怒地吼它时，老狼回过头来就向它扑过去。有时母狼和左边的头狼也一起回过头来咬它。

面对三只狼的尖牙利齿，小狼立即就老实了，它一屁股坐在地上，前腿直直地支撑着身子，脖颈上的毛竖了起来，张着嘴为自己壮胆。前面这么一闹引起后面狼群的混乱。后面跑上来的狼撞在小狼身上，为了发泄它们的不满，有的咬它的后腿，有的咬它的两肋。它纯粹是自找倒霉，因为狼也是一样，肚子饿时脾气暴躁。虽然这没给小狼带来任何好处，反倒把它弄得尴尬难堪，可它还是一次又一次地自找没趣。

若是填饱了肚皮，它们早就开始交配了，或是为争夺配偶而打得不可开交，各奔东西。可是现在狼群身处绝境，长时间的饥饿，把它们弄得瘦骨嶙峋，跑起路来慢慢腾腾。后面是老弱病残，一步三跛地跟着队伍跑。前面虽是精兵强将，可全都瘦得和骷髅一样。然而，除了后面的几个老小之外，其余的跑起路来仍是步伐轻盈、毫不吃力。它们身上那些筋条状的肌肉好像能产生无穷无尽的力量。每条肌肉收缩起来就像一根钢筋，这样的钢筋一根接着一根，布满全身。

那天它们跑了很长的路，一夜没停，第二天继续跑，在一个死寂沉沉、冰封雪冻的世界里跋涉着。那里没有别的生命，只有它们在这广阔无垠、毫无生气的世界里穿行。为了饥饿的肚子，为了使自己继续生存下去，它们东奔西跑，寻找着别的生命。

它们在这低洼的荒野地里穿过了一道道土岭，越过了一道道沟渠，也没有找到任何可吃的东西。后来它们找到一只麋鹿，一只很大的雄性麋鹿。这是它们第一次发现的食物和生命，而且它的身边没有神秘的火堆保护，那向外张开的蹄子和散射的鹿角，它们是熟悉的。它们不失时机地、大胆地进入战斗。这是一场闪电战，但是很激烈。高大的麋鹿被团团围住。这是一场乱作一团的混战。麋鹿机警地飞起后腿，用硕大的蹄子踢破它们的肚皮，踢碎它们的头骨，用它巨大的鹿角致它们于死地，它把它们踩在雪里。然而，它是注定要丧命的。它倒下了，母狼死死地咬住它的喉咙，别的狼也咬住了它身体的各个部位，它仍在挣扎，仍在喘息，可它们已经撕碎了它的身体，把它活吞了。

这回有足够的食物供它们吃。雄鹿体重八百多磅，四十几只狼平均每只可以分到二十多磅鹿肉。当然，没有食物可吃时，它们可以一连几天忍饥挨饿，一旦有了吃的，它们就饱餐一顿。几个小时以前还在和它们拼搏的一只英俊的活生生的雄鹿，现在只剩下几根零零散散的骨头了。

现在它们可以休息睡大觉了。肚子填得饱饱的，小公狼们便开始争吵打斗。一连延续好几天，直到狼群散了伙才算了事。闹饥荒的日子总算过去了，它们现在来到了有猎物的地方。虽说它们仍然成群结伙地捕杀追猎，但它们更加小心谨慎了——只从小股麋鹿群里截获笨重的母鹿或是年老的公鹿。

在这充满猎物的地方，狼群分道扬镳的日子也就来了，它们一分为二，各奔东西。那只母狼和它的左膀右臂——那只年轻的头狼和独眼狼——带着狼群的半壁江山朝麦肯兹河进发，然后横穿那低洼的湖泊地带向东去了。后来这支队伍一天天在减少，公狼母狼成双结对地开小差，也有单个的公狼被情敌咬跑的。最后只剩下四只：母狼、年轻的头狼、独眼狼和那只雄心勃勃的三岁小狼。

母狼的脾气变得越来越暴烈。它的三个追随者身上都有它的牙痕，可是它们从不以牙还牙进行报复，只是把肩膀转过去让它咬，还摆着尾巴、迈着碎步安慰它，让它别生气。它们对母狼缠绵温柔，但它们互相之间却施以尖牙利齿。那只三岁小狼实在太放肆。它一跃跳到独眼狼的右侧，把独眼狼的耳朵撕得和面条一般。灰色的独眼狼面对年轻力壮的三岁小狼毫不示弱——它有多年积累起来的聪明才智，从它那只失明的眼睛和鼻子上的伤痕可以看出，它积累起来的是什么样的智慧。它是　只身经百战的老狼，遇到这种情况绝不会犹豫不决，不知所措。

战斗是以"一对一"的形式开始的，随后变成了"二打一"。此时第三只狼——那只年轻的头狼——协助独眼狼共同对付雄心勃勃的三岁小狼，要置它于死地，否则战斗的结局是难以预料的。这时年轻的小狼腹背受敌，先前的战友从两面对它进行夹击。它们忘记了当初肩并肩共同狩猎的日子，也忘记了当初齐心合力扳倒猎物的情景和一起度过的艰苦岁月。那全都变成了过去。眼前要紧的是求爱，而求爱比捕食更加严峻、更加冷酷。

与此同时，那只母狼——是非的根源——正坐在一旁"观虎斗"。它好像很开心。这是它十分得意的一天，因为这些"情狼"怒发冲冠、以牙还牙、互相厮杀都是为了占有它。这样的日子是不多见的。

在求爱的第一次尝试里,三岁小狼就丧了性命。它的两个情敌站在它的两边,眼睛死盯着正坐在雪地里幸灾乐祸的母狼。独眼狼不仅在战场上经验丰富,在情场上也是足智多谋。年轻的头狼回头舔自己肩上的伤口时,弯曲的脖子正好对着独眼狼的左眼,独眼狼知道机会来了。它猛地一跳,蹿了过去,一口咬住它的脖子。这一口咬得很深,再一用力,就把脖子上的肉撕下长长的一条,同时也划破喉咙附近的一根血管。然后,独眼狼一跃又跳开了。

那头狼一声惨叫,接着又是一阵咳嗽。流血、咳嗽已经使它不堪忍受,生命垂危之际当然要反击,但是它的腿脚发软,眼前发黑,已经无能为力。

母狼一直坐在地上笑。这场战斗使它暗中高兴,因为这就是荒野里的爱情,自然界的性爱悲剧。当然,悲剧只是对那些死者而言,对那些幸存者这不是悲剧,是理想的实现,是斗争的胜利。

看见头狼躺在雪地里一动不动,独眼狼便昂首阔步向母狼走去。那神态既有胜利者的喜悦,也有求爱者的谨慎。很显然,它是害怕再遭拒绝。这回母狼并没有生气,也没有对它龇牙,它真是喜出望外。这是母狼第一次对它表示好感,对着鼻子跟它亲热,甚至像小狼崽子一样蹦蹦跳跳地玩耍起来。而它呢,尽管已是老气横秋、见多识广,但动作仍像狼崽子,甚至比狼崽子还憨态可掬。

死去的情敌已被忘却，用红色的血记录在雪地上的爱情故事也已抛在脑后。老独眼狼停下来用舌头舔身上已经发僵的伤口时，这些都已成为过去。它扭动着嘴唇长嗥一声，颈上和肩上的毛不由自主地竖了起来，四爪痉挛似的抓着雪地，匍匐着身躯准备一跃而起。当它跟着有些扭怩的母狼在树林里跑的时候，一切都忘记了。

此后它们就肩并肩地东跑西颠，活像一对儿十分默契的好朋友。它们相依为命，共度光阴，一起狩猎，合力捕杀，共同分享猎物。不久，母狼就开始有些焦躁不安，它好像在寻找什么，却又找不着。倒下的树干之间所形成的空洞好像对它很有吸引力，碰见岩石间积雪的缝隙和岸边的窟窿它就流连忘返。老独眼狼却毫不在意，它只是耐心地跟着它跑。若是母狼在什么地方磨蹭太久，它就干脆躺下来等它。

它们不在一个地方停留，而是横穿荒野来到麦肯兹河，然后沿河慢慢游荡，有时也常常离开大河到它的支流去捕食，但是，一定要回到麦肯兹河边来。有时它们也碰上别的狼，一般是成双结对的，可是双方谁也不打招呼，见面也并不觉得高兴，更没有重新结伙的表示。有几回它们也碰到过单个的狼，往往是公狼，都很迫切地愿意跟独眼狼和它的伴侣搭伙，独眼狼自然不高兴。母狼站在独眼狼身旁，竖起鬃毛，龇着大牙，那些妄想入伙的家伙们赶紧后退，夹着尾巴孤零零地走开。

一个明月当空的夜晚，它们正在静寂的树林里跑着，独眼狼突然停下来，鼻子朝天翘起，尾巴伸得直挺挺，鼻孔一张一合地好像嗅到了什么气味。它像狗一样翘起一条腿，继续用鼻子在空气里嗅来嗅去，想弄明白这异样的气息到底意味着什么。母狼只闻了一下就明白了，跑过去告诉独眼狼没事儿，放心好了。独眼狼跟着母狼跑。可心里还是不踏实，不时地停下来，仔细琢磨这异常的气味究竟是怎么回事儿。

母狼小心谨慎地爬到树林中一块空地的边上，独自在那儿停留了一会儿。独眼狼也爬过来，每一根神经都充满了警觉，每一根毫毛都闪烁着疑虑。它们并排站在一起，东张西望，侧耳细听，翘起鼻孔嗅来嗅去。

它们听见了，听见了各种声音——狗的吵闹打斗声，男人们粗声粗气的喊声，女人尖声尖气的叫声，还听见了一个小孩扯着嗓门儿在哭，好像是受了委屈。除了那几个巨大的皮帐篷以外，几乎看不见什么，只能看见火苗前面有人在晃来晃去，缕缕的青烟缓缓升到静谧的天空。它们嗅到了从印第安营寨吹过来的一股诱人的气味，这气味的后面有一段故事，独眼狼不知其中的奥秘，母狼对这故事的细节却一清二楚。

怪得很，母狼立即兴奋起来了，它贪婪地闻来闻去，越闻越高兴，可是老独眼狼心中却忐忑不安。它有些怕，掉过头来要走。母狼回过头用鼻子碰碰它的脖子，告诉它不必担心，然后又转过来盯着营寨。它的脸上露出一种渴望的神情，但它不是渴望那里的食物。那欲望越来越强烈，驱使它朝火堆的方向继续前进，去和那些狗一起争吵，但又需当心不被主人踩着。独眼狼陪着它往前走，心里却有点不耐烦。这时母狼又显得有些焦躁不安，它想必须尽快找到它一直在寻找的那个地方。于是，它转身朝树林子走去，独眼狼这才放下心，紧跑了几步来到母狼的前面，一起回到树林里安全的地方。

它们在明月当空的树林里像阴影似的穿行着，突然发现一条足迹。它们用鼻子去闻雪里的脚印，是刚刚踩过的。独眼狼警惕地往前跑了几步，母狼紧紧跟在后面。它们那宽大的脚掌踩在雪地上就像绒垫一样。独眼狼看见在前面白茫茫的雪地上空有一个白的东西在晃荡，它那类似滑行般的速度是很快的，但和那个白色的东西相比，还是小巫见大巫。它发现的那个白色的东西仍在前面一上一下地跳跃。它们沿着两排小枞树中间一条狭窄的小道跑着，小道的尽头是月光照耀着的一块空地。独眼狼很快就要追上前面的白影儿了，它一步一跳地往前赶。眼看就追上了，再跳一下就咬着了，但是怎么也跳不起来。那白影儿就在上面，还不停地往上蹿。啊，现在看清了，原来是一只正在挣扎的雪鞋兔在跳，在它的头上跳着迷人的舞蹈，可它就是跳不到地上来。

独眼狼害怕了，突然嗷的一声退回来，趴在雪地上冲着这个可怕的怪物叫。母狼不慌不忙地上来了，它摆好了姿势，冲着正在跳舞的兔子一跃而起。它跳得很高，但就是够不着。上下牙齿一收缩，只听"咯"的一声响，咬了空。它一连试了好几次，还是不行。

独眼狼稍事休息，此时正卧在地上看着，母狼屡屡失败，它颇为不满，于是，憋足了劲，猛地一跳，咬着了兔子，随之把它拉回地面。但同时，也听见"咔"的一声响，惊愕之余，定眼看时，原来是被拉弯的一棵小枞树打在自己身上。它立即松开嘴，倒退好几步，才摆脱了这莫名其妙的险情。它张着嘴嗷嗷直叫，连气带吓，浑身的毛根根立起。这时小枞树挺直了腰，兔子又在空中东摇西晃起来。

母狼生气了，照独眼狼的肩头咬了一口。独眼狼弄不清楚母狼为何又对它下此毒手，它因而猛烈地进行反击，把母狼的鼻子咬掉一块。母狼也没想到它会动如此大的肝火，愤怒地大吼一声，便朝它扑了过去。这时独眼狼认识到自己做错了，便设法安慰母狼。但是，母狼决心要对它进行严厉的惩罚。它只好放弃安慰母狼的一切念头，只管转着圆圈跑，虽然头部没有受伤，肩膀上却留下不少母狼的牙痕。

此时雪鞋兔仍在它们头顶上跳跃。母狼坐在雪地上，独眼狼一方面对那棵神秘的小枞树感到胆怯，另一方面对母狼更是感到惧怕。当它再一次跳上去，咬住兔子往下落的时候，它的眼睛死死盯住那棵小树。和刚才一样，小树跟它一起弯到地面上，它思想很紧张，弓着腰等着挨打，但牙齿仍死死咬住兔子不放。可是小树并没有打着它，只是弯弯地停在它的身子上方。它动树也动，它停树也停，它透过牙缝叫了一声，心想还是趴着不动安全些。然而，兔子的血流在它嘴里，味道真是好极了。

还是母狼把它从这尴尬的处境里解脱出来。它从独眼狼嘴里把兔子接过来，就在不停晃动的小树下面悄悄把兔子脑袋咬掉了。小树立即挺直，此后小树就按照大自然的意旨彬彬有礼地站立着，再没有威胁过它们。然后，母狼和独眼狼把被那棵神秘的小树捉住的兔子分着吃了。

还有几个地方也有兔子悬在空中，它们都一一察看过，母狼在前，独眼狼在后，边走边看，研究盗猎的方法。这点知识在后来的日子里使它获益匪浅。

二 洞穴

母狼和独眼狼围着印第安寨子转悠了两天。独眼狼有点担心害怕，但寨子对母狼的吸引力很大，它不愿意走开。可是一天早晨，当天空传来一声枪响，子弹打在离独眼狼只有几英寸远的树干上时，它们不再犹豫了，撒腿就跑，眨眼间，已经跑出几英里以外。它们没跑多远—— 大约只跑了一两天。这时母狼必须找到一个地方。它的身子越来越重，只得慢慢地跑。有一次追兔子，若是在平时，那对它是不算什么的，可这次它只好甘拜下风，躺在地上休息。独眼狼走过来，用鼻子轻轻碰了一下它的脖子，它凶狠地朝它咬了一口，独眼狼急忙退回来，它那狼狈不堪的样子可笑极了。母狼的脾气越来越大，可是独眼狼对它却越来越有耐心，对它也越来越关心。

后来母狼找到了一个地方，那是在一条小河的上游几英里的地方。这条小河夏天流向麦肯兹河，但到了冬天就冻冰，一直冻到河底的岩层，从上到下成了一条死河。母狼很疲倦地沿河走着，独眼狼远远地走在前面，这时母狼发现河岸上有一块高高探出的地方，它就朝那里走过去。春天的雨水和融化的雪水已经把河岸的下面冲空，在一条缝隙里形成一个小小的洞穴。

它在洞口停下来，仔细察看洞壁的情况。然后，它沿着洞壁的根基向与其相连的松软的河岸跑过去，看完一边再看另一边，后来就从狭窄的洞口钻进去。进口处只有三尺长，它只得爬着进去，再往里墙壁变得又宽又高，是一个直径六尺左右的空洞。洞顶和它头的高度差不多。里面又干燥又暖和，它仔仔细细地察看着。这时独眼狼刚回来，站在洞口耐心地看着母狼。只见它低下头，鼻子冲着几乎聚拢在一起的四条腿不远的一点，以这一点为圆心转了好几圈，然后，发出一声呻吟般的疲惫的叹息，身子一蜷，四腿放松，头朝洞口躺下了。独眼狼在外面竖起尖尖的耳朵笑它，它从里面借洞口的光线看见独眼狼正在耐心地摆动尾巴。它把自己的耳朵向后摆过去，耳尖指向脑后，张着嘴，伸着舌头，这表示它很满足，很得意。

独眼狼饿了。虽然它躺在洞口睡觉，其实没有睡着。它不时醒来，耳朵冲着外面的世界。四月的阳光照在雪地上耀眼夺目。它打盹时，耳朵里总是响着地下涓涓的流水声，它立即醒来聚精会神地听着。此时阳光已经有了暖意，苏醒的北国大地在向它召唤，生命在复苏。空中弥漫着春天的气息，雪下的生命在蠕动，树干里的汁液在上升，花蕾在冲破寒霜的枷锁。

它焦急地看着母狼，但母狼无意站起。它回过头来看看外面，五六只雪雀从它的视野里一掠而过。它站起来又看了看母狼，又躺下睡了。它隐约听见一阵微细的叫声，它一次又一次地用爪子抹自己的鼻子。它醒来一看，是一只蚊子围着它的鼻尖嗡嗡叫。那是一只成年蚊子，在干燥的木头里躲了一冬天，刚被温暖的阳光晒出来。此时它再也无法抵制大地的诱惑，况且，它现在很饿。

它爬到母狼跟前，劝它站起来，可是母狼冲它一个劲儿地嗥叫。它又回到充满阳光的洞外，脚下的雪地已变得松软，走起路来很困难。它来到河床上，因为河岸上的树林遮阳，那里的雪仍然坚硬晶莹。它出去了八个小时，天黑回来时它觉得更饿了。它找到了猎物，但可惜没有抓住。它踏破正在融化的雪壳，踩着泥泞捕捉雪鞋兔，但雪鞋兔还和从前一样，在头顶上轻轻地上下跳跃。

它惊疑地在洞口停下，听见从洞里传出一阵微弱而奇怪的声音。这不是母狼发出的声音，但听起来似乎又很耳熟。它小心翼翼地爬进去，母狼却冲它大叫一声。它很顺从地远远站住。它并没有生气，那些微弱的哭泣声使它格外感觉兴趣。

母狼烦躁地叫着，警告它离远些，它就回到洞口，蜷曲着身子躺下睡觉。第二天早晨，洞里透进熹微的晨光时，它还在琢磨那耳熟的声音从何而来。现在母狼的警告声里又掺杂了一层新的含意——对于幼子的爱。它很小心地保持一定的距离，以表示对母狼尊重。然而，它终于弄清了，母狼怀里搂着五个奇怪的小生命，非常单薄，非常软弱，嘴里发出很微弱的呜咽声，因为有光的缘故，眼睛还没有睁开。它感到很惊奇。在它漫长的生活历程里，这种事情不是第一次发生。已经发生过很多次，但每次都像第一次发生时一样，使它感觉惊奇。

母狼焦急地望着它。每隔一会儿它就小声叫一阵，有时它觉得独眼狼靠得太近，就提高嗓门朝独眼狼尖叫一声。当然，在它的记忆中，这种事还未发生过，但本能（母狼都有这种本能）使它隐约想起似乎有过公狼吃新生狼崽的事。这说明它心里很害怕，因此，不许为父的独眼狼靠近小狼。

其实这并没有任何危险，它也不必担心。老独眼狼也同样怀着一种冲动，一种从它父辈那里遗传下来的本能的冲动。它并没有问为什么，也不感到疑惑。它的每一根神经都懂得，它自然应该服从母狼，不要靠近小狼。于是，它离开洞穴，跑到外边去寻觅食物。

距离洞穴五六英里的地方，那条小河成直角分成两个支流，在山中蜿蜒穿行。它沿着左边的支流走时看见一条新的足迹。它用鼻子嗅了一下，发现是刚刚踩过去的。它于是迅速蹲下身子，往足迹消失的方向看。然后，它回过头来沿着右边的支流走去，发现脚印比自己的还大得多。它心里很清楚，跟着这样的足迹走下去是不会找到什么食物的。

沿右边的小河走了大约半英里，它那灵敏的耳朵便听见有牙齿咬东西的声音。它悄悄朝那声音走过去，发现是一只豪猪，正站直了身子用牙齿啃树皮。独眼狼小心翼翼地向豪猪靠拢，但没抱多少希望。虽然它在北方没有遇见过豪猪，但它了解这种动物，它有生以来从未尝过豪猪肉是什么滋味，然而，它懂得"机会"或"机遇"二字的含义。于是，它继续向豪猪靠近。但结果如何，很难预料，因为跟活的动物打交道时结果往往不如意。

豪猪正缩成一团，向四周射出又长又尖的豪刺，有胆敢进犯者尽管来。独眼狼年轻时曾经用鼻子凑近一个类似的浑身长满长刺的球状物，那东西本来是纹丝不动地待着，但尾巴突然一伸，朝它脸上扎过来。它逃跑时鼻子上还带着一根刺，火辣辣地疼了好久，后来才拔掉。所以它选了一个舒适的位置趴下来，鼻子离豪猪足有一尺远，即使它的尾巴伸出来也够不着它。它就这样一动不动地静等着。谁知道呢，也许会有机会。万一豪猪身子松开，它就可以乘机用利爪刺进它那细嫩的肚皮。

但半个小时以后它站起来了，气得冲着一动不动的球直哼哼，然后跑了。它曾很多次等豪猪松开身子，但都白等了。这次它不愿再浪费时间。它沿着右边的小河继续走，一个早晨很快就过去了，它一无所获。

它那已经被唤醒的做父亲的本能越来越强烈，它必须找到食物。下午它碰上一只松鸡，一走出树丛就迎面碰上这只呆头呆脑的笨鸟。松鸡正站在一块木头上，离独眼狼的鼻子不足一尺远。松鸡吓了一跳，想展翅高飞，但独眼狼用爪子把它打落在地，松鸡正要在雪地上跑几步然后再起飞时，独眼狼一跃而起，把它咬住。它的牙齿咬着松鸡的嫩肉和脆骨时，实际上它自己已经开始吃起来。后来才意识到它的使命，于是嘴里叼着松鸡，沿着老路往家跑去。

它像影子似的轻快地跑着，小心谨慎地观察着出现在视野里的每一个新景象。在距离小河岔口一英里处，它又发现了早晨看见过的大脚印。它沿着这些脚印继续往前走，随时随地准备与这个家伙邂逅。

小河在一个石角处拐了一个大弯，它把头探出石角一看，吓得它立即蹲下身子。原来前面有一只雌性大山猫，那些脚印就是它踩的。大山猫趴在那个紧紧缩成一团的大刺球面前，就和它早晨的动作一样。如果说它过去行走时像一个滑动的影子，现在，当它绕着这两个一动不动的家伙远远地转来转去时，它就像一个鬼魂了。

独眼狼卧在雪地上，把松鸡放在一旁，透过一株小枞树的针叶观看这场以生命为代价的游戏——大山猫等着豪猪，豪猪等着大山猫，二者都很珍惜自己的生命。这场游戏就是这么奇怪。各有各的生活方式，一个等着是为了吃另一个，而另一个等着是为了不被吃。老独眼狼躲在一旁也扮演一个角色，它是在等机会，在捕猎的道路上有时会等来一些食物，这就是它的生活方式。

半个小时过去了，又半个小时过去了，没有任何动静。虽然刺球偶尔也动一下，它完全像一块石头；大山猫很可能被冻死；老独眼狼很可能被饿死。然而，三个动物都已适应了这痛苦的紧张生活。实际上，它们从来就没有过比现在的状况更好一点的生活。

独眼狼略微向前移动一点，用更加迫不及待的眼神看着它们。现在开始有动静了。豪猪以为它的敌人已经离去，便慢慢地小心谨慎地展开它那刀枪不入的盔甲。没有谁急于惊动它。它身上的豪刺慢慢地松懈了，身子慢慢地伸长了。正在远处注视着它的独眼狼嘴里突然湿润了，口水不知不觉地沿嘴角流出来。这盘活肉就像摆在它面前的一顿美餐，心里按捺不住地激动。

豪猪还没有完全把身子展开就看见了眼前的敌人。就在那一瞬间大山猫下手了。这一击快如闪电。它的爪子像勾子一样抓住豪猪的嫩肚皮，然后又猛地往外一拉。假如豪猪的身子已经完全展开，或者在大山猫下手之前没有发现它，大山猫就不至于受伤，可是当大山猫的爪子抓住豪猪肚皮以后往外拉时，豪猪的尾巴一甩，正打在它的爪子上，扎进好几根长刺。

一瞬间几件事同时发生——大山猫的突然袭击，豪猪的猛烈反击和气愤的尖叫，大山猫因突然被豪猪刺疼而发出的惊愕的哭嚎。这时独眼狼激动地欠起身子，竖起耳朵，伸直了尾巴摇来摇去。大山猫暴躁的脾气发作了，它猛地朝这个敢于刺疼它的家伙扑上去。豪猪痛苦地呻吟着，带着浑身的伤痕又缩成一团，随后又甩了一下尾巴，把大山猫扎得不住地哀嚎，然后打着喷嚏退下来，鼻子上扎满了刺，就像一个十分难看的针托。它用双爪不停地抹鼻头，拼命要把那些火辣辣的小标枪拔掉，一会儿把鼻子扎到雪里，一会儿又在树枝上来回蹭，疼得它手舞足蹈，前蹿后跳。

大山猫仍在打喷嚏，猛烈地摇晃它那短粗的尾巴，它终于停止了滑稽表演，安静了一阵子。独眼狼在远处看着。突然间，它背上的长毛立了起来，一跃跳到空中，大叫一声，它再也按捺不住了。这时大山猫沿着它原来的足迹望风而逃，一边跑着一边呻吟。

直到大山猫的呻吟声在远处消失，独眼狼才敢上前。它迈着小碎步往前走，好像雪地里布满了豪猪的针刺，根根直立着，随时可能扎进它那柔软的脚垫。豪猪看见独眼狼走过来，便龇着雪亮的长牙冲它尖叫。它又缩成一团，但是已经不能缩得像原来那样紧了；身上的肌肉已是伤痕累累，差一点被撕裂，直到现在仍是血流如注。

独眼狼一口一口地吃着地上被血染红的雪，贪婪地咀嚼着，品味着，然后才咽下去。这使它的胃口大开，它更感觉饿了，但独眼狼老谋深算，它没有失去警惕。豪猪咬着牙齿呻吟，偶尔也尖叫一声，独眼狼还是等，干脆卧在地上等。过了一会儿，独眼狼看见豪猪把豪刺落下来，然后又抖了一下。抖动停止以后，又亮出它的长牙。这时豪猪全身上下的豪刺都已松懈下来，身子一瘫，再没有动。

独眼狼很紧张，伸出半张开的爪子把豪猪肚子朝上展开。豪猪没有动，它确实死了。独眼狼全神贯注地研究了一会儿，用牙小心地将其叼起，连拖带拉地沿着小河跑了，它侧歪着头跑，以免踩着豪猪身上的刺儿。没出多远，好像想起了什么，把豪猪放下，回到刚才放松鸡的地方。它知道该怎么办，当机立断，把松鸡吃了，然后又跑回来叼起豪猪。当它把花了整整一天的时间才打来的猎物叼进洞里时，母狼先作了一番检查，又伸出鼻子轻轻拱独眼狼的脖子，随后它又大叫一声，警告独眼狼不要靠近小狼。这次叫不像前几次那么严厉，不是威胁，反而像表示抱歉。母狼不像原来那样担心独眼狼吃小狼了，因为它现在像一个父亲了，已不再有吞食刚刚降生的小狼的邪念。

三　小灰狼

　　它和自己的兄弟姐妹们不一样，它们的毛色和母亲一样，已经显出红色，只有它在这方面随它的父亲。它是这窝狼崽里唯一的一只小灰狼。它更具狼的血统，事实上，从外表看，它更具老独眼狼的血统。只有一点不同，它有两只眼，独眼狼只有一只眼。

　　小灰狼刚刚睁开眼睛不久，就能看清东西。它还没睁眼睛时用味觉和嗅觉来感知周围的事情。它和它的两个兄弟和两个姐妹很熟悉，它开始和它们玩耍，动作幼稚而又笨拙。它发怒时也和它们争吵，从尖细的喉咙里发出奇怪的沙哑的声音（这是狼嗥的前身）。早在它睁开眼睛以前，它是通过触觉、嗅觉和味觉来辨别谁是它的妈妈，即奶汁的供给者，温暖和爱抚的源泉。当母狼用柔软的舌头舔它时，它感到一种亲昵和安慰，于是，情不自禁地偎在妈妈的怀抱里进入梦乡。

　　出生后的第一个月，大部分时间就是这样度过的。现在它已经睁开了眼睛，醒着的时间多了，它开始了解周围的世界。它所在的世界是阴暗的，但它并不知道什么是阴暗，因为它还不了解别的世界是什么样子。洞里的光线是昏暗的，不过它的眼睛从来也没有接触过其他的光线。它生活的世界很小，墙壁就是洞穴的边界。因为它不知道外面的世界有多大，生活在里面也并不感觉憋气。

　　但它早已发现，它生活的世界里有一面墙和其余的几面墙不一样。这面"墙"就是洞口，也就是光线进来的地方。早在它还没有意识到自己的存在、还没有意识到自己的意志力以前，它就发现这个区别了。在它还没有睁开眼睛的时候，来自洞口的光线就对它产生了不可抗拒的诱惑力。光线照在它的眼皮上，那些暖色的、赏心悦目的小光点使它的眼球和视神经不停地颤动。它身体里所包含的生命，它身体里所包含的每一根神经（即构成它身体物质基础的生命，而不是那个与死相区别的生命）都在渴望着这个光，敦促它向光移过去，就跟植物在生长过程中总是转向太阳一样。

　　最初，在它还没有意识到自己的存在时，它总是本能地朝洞口爬去，它的兄弟姐妹们也和它一样。在这期间，它们谁也不往黑暗的后墙的角落里爬，它们就像植物一样被光线吸引着。在生命的生长过程中，光是生存的必需品，它们小巧玲珑的身体就像植物的卷须一样盲目而又本能地爬着。后来，当每一只狼都有了自己的个性，都有了冲动和欲望时，光线对它们的吸引力就更大了。它们总是向着光爬去，但又总是被它们的母亲拉回来。

　　在这个过程中小灰狼逐渐了解到，母亲除了它那温柔和安慰的舌头以外，还有别的品性。在它三番五次向着光线爬去时，它感觉到母亲用鼻子使劲拱它时是对它的训斥。后来它还发现，母亲可以迅速而灵巧地挥动爪子把它打翻在地。由此，它懂得了什么是疼，更重要的是它学会了如何躲避挨打。首先不要惹是生非，第二，如果母亲打它，就要学会躲避或逃跑。这些是它自觉的行动——是它对这个世界有了初步概念以后总结出来的经验。在此之前，挨打时它就本能地缩成一团等着，就像它当初本能地向往光线一样。后来它挨打时就后缩，因为它知道挨打时感觉疼痛。

它是一只很凶猛的小狼崽，它的兄弟姐妹也是一样，这是可以想象得到的。因为它是食肉动物，它是杀生食肉者的后代，它的父母都是食肉者。它那弱小的生命所吮吸的奶汁就是从肉食直接转化而来的。现在它刚刚满月，睁开眼睛刚刚一个星期，它就开始吃肉。因为奶水不够吃，母亲只好将半消化的食物从胃里反出来喂养它们五个兄弟姐妹。

但它是这一窝里最凶猛的一个，在它们五个当中它那沙哑的嗓子叫得最响，它的小脾气发起来比谁都厉害。它第一个学会用灵巧的小爪子打别的小狼，也是它首先学会用爪子抓住其他小狼的耳朵又拉又拽，咬牙切齿地又嗥又叫。当然也是它给母亲带来最多的麻烦，母亲总得三番五次地把它从洞口拽回来。

光线对小灰狼的诱惑与日俱增。它没完没了地往洞口爬（每次大约爬一码远的路程），又几次三番地被拽回来。只是它还不懂得，洞口就是从一个地方通往另一个地方的过道。它还不认识任何别的地方，更谈不上如何去那里。所以，对它来说，洞口就是一面墙——一面光的墙。洞穴外面的世界里有太阳，对于它，这面光的墙就是它的世界里的太阳。这面光的墙吸引着它就像烛光吸引飞蛾一样，它总是拼命向着这面光的墙爬去，它身体里迅速生长的生命不停地敦促它那样做。它知道那是通往外界的唯一的路，那是它生来注定要踏上的征途。但是它对此却一无所知，它还不懂得什么是"外面的世界"。

关于这面光的"墙"，有一点它觉得奇怪。它的父亲(它现在承认在它的世界里还有一个和它母亲同类的父亲，父亲在靠近光的地方睡觉，是它给它们带来食物)可以走进远处白色的墙里，并且从那里消失。小灰狼真不明白这是怎么回事。虽然母亲不许它走近那面墙，它可到过别的墙那里，柔嫩的鼻尖碰上坚硬的障碍时，它感觉很疼。碰了几次壁以后，它不再到那里去了。它本能地认识到，父亲能消失在光里，这是它的本事，正像母亲给它喂奶喂食是母亲的本事一样。

实际上，小灰狼不习惯于思考，至少不习惯于像人类那样思考。它的大脑处于混沌状态，但它得出的结论却和人的结论一样，鲜明而尖锐。它接受外界事物有一套自己的方式，它从来不问为什么，它的方式就是分类。一件事情为什么发生它不管，它只要知道怎么发生的就满足了。这样，它在墙上碰了几次鼻子以后，就得出结论：它不能够消失在墙里。同样，它得出另一个结论，它的父亲却能够。可是它也不想追究为什么它和父亲之间有这样的区别，一点也不想追究。逻辑学和物理学不在它思考范畴之内。

和荒野里许多动物一样，它很早就经历过灾难。曾经有一个时期，不仅肉食的来源断绝了，母亲的奶汁也枯竭了。开始，小狼崽们哭，但大部分时间是睡觉。不久它们饿昏了，谁也不吵架，谁也不乱嚷乱叫了，也不再向白色的墙壁那里爬了。小家伙们只是一个劲儿地睡，它们体内生命的火焰在熄灭。

独眼狼不要命了。它整天在外面东奔西跑，很少在这令人沮丧的窝里睡觉。母狼也离开小狼，到外面去寻找食物。在小狼崽刚出生的那几天，独眼狼到印第安寨子去过几次，偷那里用绳索套住的兔子，可现在雪化了，河开了，印第安寨子搬走了，没有兔子可偷了。

当小灰狼醒过来又开始对光的墙壁感兴趣时，它发现它的世界减员了，只有一个妹妹和它留在那里，其余的都走了。当它渐渐恢复了体力时，它只好自己和自己玩耍，它的妹妹既不抬头也不动弹。它的小身子又吃得圆圆的，可是弄来食物时妹妹已经不行了，只是一个劲儿地睡觉，瘦得皮包骨头，它的生命火焰在衰弱，最后熄灭了。

有一阵，小灰狼看不见父亲从光的墙里进进出出，也看不见它在洞口睡觉。这是在第二次灾难（不像第一次那样严重）结束时它注意到的情况。母狼心里很清楚，为什么独眼狼一去不复返，但是它不便把见到的情况告诉小灰狼。母狼独自出去沿小河左边的支流去猎食，就是那只大山猫居住的地方。独眼狼已经沿着那条路出去一整天了。母狼走到路的尽头时看见了它，或者说看见了它的残骸，那里留下了很多激烈战斗的痕迹以及大山猫得胜回巢时留下的脚印。后来母狼发现了大山猫的洞穴，有迹象表明大山猫还在里面。它未敢贸然往里闯。

打那以后，母狼猎食时就不再去左边的小河。它知道，大山猫已经生了一窝小崽，它也知道大山猫是一个凶狠的家伙，打起仗来不愧是一员猛将。五六只狼联合起来把一只大山猫赶到树上去很容易，但是一只狼单独与大山猫遭遇，特别是这只大山猫有一窝嗷嗷待哺的孩子时，那就是另外一回事了。

可是荒野归荒野，母爱毕竟是母爱，不论在何处，荒野也好，别的地方也好，它都要拼命保护它的孩子。这样的时候就要到了，为了小灰狼，它只得冒险再去左边的小河，奔向大山猫的洞穴，会一会那凶恶的洞主。

四　通往世界的墙

母亲开始离开洞穴去猎食时，小灰狼已经懂得了一条法律，即不许它走近洞口。一方面，母亲曾多次用它的嘴和爪子，强制它接受这条法律；另一方面，它自己也逐渐知道害怕了。在它短暂的洞穴生活中，它从未遇见过任何让它害怕的事情，然而，恐惧是它的本能。这种本能是从它的远祖经过千秋万代，然后由独眼狼和母狼直接遗传给它的。独眼狼和母狼的这个本能也是从它们的先辈那里继承来的。恐惧——这一荒野的遗产，没有任何动物能够逃避它，也没有任何动物能够抛弃它。

虽然小灰狼不知道恐惧是怎么来的，但它知道什么是恐惧，也许它把恐惧当作生活对它的一种限制。因为它已经懂得生活中确实存在这种限制。它已经经历过饥饿，如果它不能以食充饥，它就会感到受限制。洞穴里那些坚硬的墙壁、母亲用以拱它的鼻子、打它的爪子以及几次灾荒给它带来的饥饿都使它认识到，这个世界上不是处处都有自由，生活里存在着限制和约束。这些限制和约束就是法律，遵守这些法律就意味着免遭疼痛并获得幸福。

它不能像人一样把这个问题阐述清楚。它只是对事情进行分类而已，使它感到疼痛的是一类，不使它感到疼痛的是另一类。这样一分，它就能够躲避疼痛，躲避限制和约束，以享受生活给予它的快乐和酬劳。

因为它必须遵守母亲制定的法律，必须回避无可名状的恐惧，它才不走近洞口。洞口对于它仍然是一面白色的光的"墙"。母亲不在时，它大多时间是睡觉，醒来时也不作声，喉咙里刚要叫出声来就又咽了回去。

有一回，它正睁着眼睛在洞里躺着，忽然听见从白色的墙里传来一阵奇怪的声音。它不知道那是一只狼獾，正伸着鼻子往洞里嗅，想弄明白洞内的情况。因为狼獾也是在冒险，所以也吓得浑身打颤。小灰狼只知道狼獾嗅味的方式很奇怪，但从未对它进行过分类，因而对它感到陌生而又可怕——因为"陌生"是构成"可怕"的主要成分。

小灰狼脊背上的毛刷地立了起来，但没有发出任何响声。为什么它一听见狼獾嗅气的声音就紧张呢?不是因为它有这方面的知识，而是它那与生俱来的恐惧所引起的外在表现（这种恐惧仍然使它感到莫名其妙）。然而，恐惧和另一个本能——隐蔽——相伴而行。小灰狼吓坏了，它一动不动、一声不响地躺着，好像被冻僵一样，完全变成了一具死尸。母亲回来一闻狼獾的脚印便大叫一声，一步蹿进洞里，满怀深情地用舌头使劲舔它的小宝贝儿。这时小灰狼才松了一口气，一场灾难才算过去了。

在小灰狼身上还有其他因素在作怪，最主要的一个因素是"生长"。本能和法律要求它服从，而"生长"则要求它不服从。母亲不许它走近那白色的"墙"，恐惧感也迫使它对其避而远之。生长就是生命，而生命永远向着光明。所以，没有任何力量能阻止它那像海潮一样正在升腾的生命，只要吃一口肉、呼吸一口空气它就要生长。终于有一天，迅速生长的生命扫荡了它的恐惧感和服从意识，它向着那白色的"墙"摇摇晃晃地走去了。

这面墙和其他的墙不同，当它走近时，墙好像往后退。它试探着把柔软的小鼻子伸出去，但并没有碰到坚硬的墙壁。这面墙就像光一样可透，所以它就钻进了这面原以为是有形的墙，并在其中尽情欢乐。

它有点琢磨不透，它怎么会躺在坚固的墙壁里，而且光线变得越来越亮呢？"恐惧"催促它赶紧后退。"生长"敦促它继续前进。突然间，它发现自己已经来到洞口，它刚钻进去的那面墙一下子往后退了十万八千里。这时光线变得耀眼夺目，照得它眼睛里直冒火花。眼前的空间忽然间变得如此广阔，使它感觉头晕。面对这夺目的光线，它的眼睛便开始进行自我调节，对着远处的物体重新调整焦距。开始时，那面墙跳出了它的视线，现在又出现了；但它已经跑得远远的，而且样子也变了，现在变成一道由三部分组成的错落有致的墙，即跟前河边上的树，对面高出树梢的山峰和山峰上面的天空。

它感到非常恐惧，这主要归罪于这可怕的"陌生"的世界。它趴在洞口边上，向外张望着。它很害怕，因为这世界对它是生疏的，而且怀有敌意。它紧张极了，上下嘴唇微微收拢，正准备大吼一声。一则它很幼小，二则它很恐惧，所以，它要对着这广阔无垠的世界大吼，以此对它进行恫吓，以此对它进行挑战。

但是，它并没有叫，它继续瞪着眼睛看，它看得入了迷而忘记了叫，也忘记了怕。眼下恐惧已被"生长"所征服，而目前"生长"的表现形式是"好奇"。它开始注意到附近的东西——已经融化的小河，河水在阳光照耀下泛着粼粼的光，两尺以外的小土坡，还有小土坡下面那棵枯萎的松树。

现在小灰狼整天在洞口的土台上玩儿，从未挨过摔，也不知道挨摔是什么滋味。有一次，它人着胆了向前迈了一步，虽然右腿还站在土台的边上，但早已头朝下掉下去了。鼻子先着地，着实摔了个倒栽葱，疼得它嗷嗷叫，然后顺着土坡滚了下去。这时它真的害怕了，这陌生的世界终于抓住了它，就要对它进行严厉的惩治。这时"恐惧"的威胁击败了"生长"的意志。它像小狗一样吓得浑身打颤。

它继续沿着小土坡往下滚，心里直嘀咕，不知这陌生的世界还要把它怎么样。它又哭又喊，浑身不停地打哆嗦。在过去，陌生的世界总是埋伏在一旁，它总是被吓得缩成一团不敢动弹；而这回不一样，陌生的世界把它紧紧抓在手里，仅仅"缩成一团不敢动弹"已经无济于事。而且，这回它不是一般的害怕，而是极度的恐惧，它的神经紧张极了。

小土坡的坡度渐渐变缓，坡的底部长满了草，小灰狼往下冲的力量也逐渐减弱。当它最后停止滚动时，它痛苦地嗥叫一声，接着又拉长声音呜咽了一阵。当然啦，就像它过去经常梳洗打扮那样，它开始用舌头舔去身上的干土。

然后它站起来四下张望，就像第一个从地球来到火星上的人一样。小灰狼冲破了通往世界的墙，陌生的世界已经把手松开，它不再感觉疼痛。但是，即使第一个来到火星上的人也不至于像它那样对世界感到如此生疏。它一无所知，事先也没有谁告诉过它世界是什么样子。它开始对这陌生的世界进行探索。

现在可怕的陌生世界刚刚松手放开它，它就忘记了这世界的厉害，它对周围的一切都感到好奇。它看着脚下的草和眼前的苔藓、浆果，还有树林里空地边上的一棵死松树。一只松鼠正在那棵树干底下跑来跑去，迎面跑到它跟前，吓了它一大跳。它向后退一步，嗷地尖叫一声。可是松鼠也吓了一跳，嗖地爬上树，站在一个安全的地方回过头来冲着小灰狼吱吱直叫。

这反而壮了小灰狼的胆子。接着它又碰上一只啄木鸟，虽说它也吓了一跳，可它仍然充满信心往前走。当一只不知好歹的加拿大鲣鸟蹦蹦跳跳朝它走来时，它伸出爪子逗它，结果鲣鸟一口啄住它的鼻尖，它立即缩回身子，像小狗似的叫起来。它的叫声把鲣鸟吓坏了，张开翅膀扑棱一声飞了。

小灰狼开始了解世界了。它懵懵懂懂地对周围的事物进行分类。有的东西是活的，有的是死的。对于活的东西，它得时时提防。死的东西总是停在一个地方不动；而活的东西则到处乱动，谁知道它们会干出些什么事。得提防它们，它们会干出意想不到的事情。

它笨手笨脚地往前走着，一会儿踢了地上的木棒，一会儿又撞上别的什么。前边有一根树枝，它以为离它很远，可眨眼间就扎了它的鼻子，或是刮了它的肋骨。因为地面高低不平，步子迈大了磕了鼻子，步子迈小了屈了脚趾，有时踩翻了脚下的石头。由此它得出一个结论，死的东西也不像它的洞穴那样总是不动的，还有，小的东西比大的东西更容易被踩掉或被踢翻。吃一堑，长一智，走的路越多，步子也就越来越稳。它不断调整自己的身体和肌肉的动作，了解身体的局限，慢慢学会估量自己与物体之间或两个物体之间的距离。

作为一个初涉世事者，它很幸运。它生来就是食肉动物，虽然那时它并不懂得这一点。在它第一次单身闯世界的尝试中，就在离洞口不远的地方撞上了肉食。一个偶然的机会，它发现一个雷鸟窝，巧妙地搭在一个很隐蔽的地方，让它碰上了。它原是在一棵倒下的松树干上走着，因为它把脚下腐烂的树皮踩掉了，顺着圆圆的树干滑到地上，吓得它尖叫了一声，掉进一个地上满是树叶和枝条的小树丛，在树丛的中央有七只小雷鸟。

小雷鸟吱吱乱叫，它开始很害怕。后来它注意到它们都很小，它的胆子也就大起来。小鸟开始骚动了。它伸出爪子抓住一只，小鸟的动作越发快起来。它觉得很有意思，用鼻子闻了闻，又把它叼在嘴里。小鸟惊恐地挣扎着，弄得它的舌头怪痒痒的。

这时，它觉得饿了，它收紧上下颌，只听脆骨在嘴里被咬断时发出咯咯吱吱的声音，热乎乎的血在嘴里流淌，味道美极了。这就是肉的滋味，和妈妈喂它的肉是一个滋味，不同的是它所咀嚼的是活的肉，因而更好吃。就这样，它把小雷鸟吃了。它一口气把七只都吃了，把剩下的碎渣也舔了，动作和它妈妈一样，然后就钻出了树丛。

它刚从树丛里出来就碰见了大雷鸟，一阵风似的朝它扑来。它被这突如其来的攻势弄蒙了，母雷鸟愤怒的翅膀把它抽得睁不开眼睛，它双爪抱住头一个劲儿地叫。母雷鸟真的火了，翅膀越打越凶。后来它也生气了，它立起身来嗥叫，伸出双爪扑打，用它尖利的小牙咬住母雷鸟的一只翅膀，拼命往后拖。母雷鸟与它展开殊死搏斗，用另一只翅膀不停地扇它。这是它有生以来第一次参加战斗，它兴奋极了，它忘记了什么是陌生，现在什么也不怕了。它在跟一个正在攻击它的活的东西战斗着，厮打着，而且这个活的东西是肉。它此时杀的欲望正旺，刚刚杀死几个小活物，还要杀死一个大活物。它太忙碌、太幸福了，简直都觉不出幸福了。它是如此激动和狂喜，这在它是新奇的，是空前强烈的。

它咬住雷鸟的翅膀不放，透过齿缝直哼哼。母雷鸟把它拉出树丛外边，又转过身来想把它拖进树丛的隐蔽处，它又把雷鸟拉回树丛外的空地上。母雷鸟拼命地叫，羽毛像雪片似的飘落。小灰狼现在怒不可遏，战斗的热血在沸腾。虽然它还不太懂得什么是生活，但这就是生活。它在实现自己在世界上生存的意义，它在完成一个与生俱来的使命——猎取肉食，为此它必须战斗。它在证实自己生存的意义，生存的意义莫过于此，当生命尽了自己的最大能力时，生命就达到了顶峰。

过了一会儿，雷鸟停止了挣扎。小灰狼仍然咬住它的翅膀不放，它们双双躺在地上，你看着我，我看着你。它恶狠狠地叫着吓唬雷鸟，雷鸟就用尖嘴啄它的鼻子。经过刚才一番折腾，它现在也感觉疼了，疼得直往后缩，但它还是咬住雷鸟不放。雷鸟一个劲儿地啄它，它一边呜呜咽咽地叫着，一边往后退，想避开雷鸟尖嘴的攻击。因为它还在咬着雷鸟的翅膀，实际上它在拖着雷鸟一起往后退。雷鸟雨点般地啄它那不顶用的鼻子。此时它再无心恋战，放开已经到嘴的美食，转身穿过空地狼狈逃窜了。它跑到空地对面的树丛边上时便躺下来休息，伸着舌头，胸脯一起一伏地气喘吁吁，鼻子仍然很疼，疼得它不住地呻吟。它躺着躺着，忽然有一种大祸临头的感觉。这恐怖而又陌生的世界又要向它进攻了，它本能地躲进树丛。正在这时，随着一阵冷风，一个巨大的带翅膀的怪物像阴影似的从它头顶掠过。一只鹰从天空俯冲而下，差一点抓住它。

它心有余悸地在树丛里躺着，战战兢兢地往外看，只见空地那边的母雷鸟扑棱一声从它那被毁坏的窝里飞出来。由于战斗失利，它没有注意从天而降的鹰。但是小狼看见了（鹰的到来对小狼是一个警告和教训），它看见鹰从天空俯冲下来，身体贴着地皮一掠而过，锐利的鹰爪像钩子一样将雷鸟抓住，它听见雷鸟痛苦而又惊恐的叫声，老鹰腾空而起，带着雷鸟飞上云霄。小狼在树丛里待了很久才离开。至此，它已经学到了很多知识。它懂得了，凡是活物都是肉食，都很好吃，而且，凡是大的活物都能伤害它。最好是吃雏雷鸟之类的小活物，而不要惹像母雷鸟那样的大活物。然而，它还是有点雄心不死，想和母雷鸟再打一个回合——可惜老鹰把它抓走了。也许还能碰见别的母雷鸟，走着瞧吧。它沿着倾斜的河岸来到水边，它从前没有见过水。因为河岸比较平缓，它下坡时步子很稳当。于是，它大踏步向着这陌生的世界走去。由于心里害怕，嘴里还在不停地哼哼。水里很冷，它急促地呼吸。然而很奇怪，过去总是空气进入它的肺，这回怎么是水流进去了。它憋得要死，其实，这对它就意味着死。虽然它不知道什么是死，但它和荒野里各种动物一样，有意识到死的本能。它觉得死是世界上最痛苦的事，是这个陌生世界的根本，是恐怖的核心。对于它，这是最大的和难以想象的灾难，对此它茫然无知，感到恐惧。

它浮到水面上，刚一张开嘴，甜滋滋的空气立即涌进来。它没有再往水下去，而是伸开四腿，在水里扑腾，好像它很久以来就已经会做这个动作。身后的河岸距它只有一码远，但它浮上来时首先看见的是对面的河岸，于是它立即朝对岸游去。本来小河很窄，但流进一个水潭时，小河变宽了，足有六七码宽。

游到小河当中，波浪涌起，将小狼一直冲向下游。它被冲进潭中的一个小湍流时，游不动了。突然间，潭底无声的水流生气了，一会儿把它沉到水底，一会儿把它抛到水面。它总是在剧烈地动荡，不是在水里旋转，就是被摔在石头上。每次被摔在石

他们是火的制造者，他们是神。（见 82 页）

头上，它就叫一声。听它叫唤了几声，就知道它在石头上摔了几次。

湍流下面还有一个水潭，在这里它掉进了一个旋涡，这旋涡轻轻地把它冲到岸边，又轻轻地把它撂在碎石上。它拼命爬出水面，刚一上岸就躺下了。它对世界又有了进一步的了解。水虽然不是活物，可是它能动。看上去和地面一样，也是固体，但却没有固定的形状。它的结论是：有些东西看起来是一个样子，可实际上不是那回事。小狼对陌生世界的恐惧其实是对世界的一种不信任感，这种不信任感是从前辈继承下来的。现在它对世界的不信任有增无减。从那以后，它对事物的表面现象总是抱怀疑态度，在看清事情的本质以前，绝不轻易对其表示信任。

那天它还遇到一个险情。它忽然想起世界上原来是有母亲的，现在它觉得在世界上所有的事物当中，它最需要的是母亲。在一天之内冒了这么多的险，不仅使它感到身体疲倦，它的小脑袋也感到疲倦。打降生以来，还没有像今天这样疲倦过，况且，它也困了。所以它开始寻找它的洞穴和母亲，一路上心里感到十分孤独。

它正在树丛中间走着，忽然传来一阵尖利可怕的叫声，只见眼前一片黄闪闪的东西一晃，一只黄鼠狼嗖的一声跑了。那是一个很小的活物，并不可怕。可是，就在它的脚下，它又看见一只非常小的黄鼠狼，只有几寸长，可能也像它自己一样不听话，独自跑出来冒险的。它想逃，它用爪子把它拨拉倒。那小黄鼠狼叫了一声，声音很怪，很刺耳。这时那个黄闪闪的东西立即又出现在它的眼前，只听一声尖叫，母黄鼠狼用它的锐齿照小灰狼的脖子咬了一口。

小狼叫着往后缩时，看见母黄鼠狼朝它的孩子跑过去，然后便消失在灌木丛中。脖子上被黄鼠狼咬的伤口仍然很疼，但它自尊心所遭受的创伤更疼，它坐在地上低声呻吟。这只黄鼠狼虽然个子不大，但性情却如此凶残。后来它才知道，就身材和体重而论，在荒野里所有的杀手当中，黄鼠狼是最凶恶、最可怕而又最有报复心的家伙。然而，这些特性不久也会在它自己的身上体现出来的。

母黄鼠狼再次出现在它面前时它还在呻吟。现在小黄鼠狼安全了，母黄鼠狼也就没再对它进行攻击。母黄鼠狼小心谨慎地朝它移过来，这时小狼看得清清楚楚，黄鼠狼那瘦长的身体和蛇一样，它那咄咄逼人的头抬起来时和蛇头一模一样，它那尖声尖气带有威胁性的叫声使它脊背上的长毛根根悚立，小狼也叫了一声吓唬它。黄鼠狼仍在步步逼近它，只见母黄鼠狼纵身一跳，那瘦长的身体早已不见了，转眼间便咬住了它的喉咙，尖利的牙齿透过它颈上的长毛咬进肉里。起初它大声叫唤，企图反抗，但是它太年轻，而且是第一天闯荡世界，叫声渐渐变成呻吟，反抗渐渐变成挣扎和逃跑。黄鼠狼咬住不放，使足劲想咬断它颈上的大动脉。黄鼠狼喜欢喝血，尤其喜欢从致命的喉咙咬破血管喝血。如果不是母狼从树丛里及时赶来，小灰狼早就死了，也就没有什么故事可写了。黄鼠狼松开小灰狼，转身闪电般朝母狼扑过来，直取它的喉咙。但没扑着，却照它的下巴咬了一口。母狼像甩鞭子似的一甩头把黄鼠狼抛向空中，还没等它落地，一口咬住了它那瘦长的黄色身体。黄鼠狼很清楚，一旦落进母狼的嘴里，它的小命就完了。

小灰狼又一次体验到母子之情。儿子见到母亲自然高兴，母亲找到儿子更高兴。母亲用鼻子爱抚地拱它，用舌头舔它身上那些被黄鼠狼咬破的伤痕。母子俩分食了那吸血兽，然后就回到洞穴里睡了。

五 猎食的法则

小灰狼成长得很快，它只休息了两天就又出去冒险了。这一回它又碰见了那只小黄鼠狼(它的母亲刚刚被小狼母子吃掉)，它让这小家伙步了它妈妈的后尘。小灰狼这次出行没有迷路，累了时就回到洞里去睡觉。自那以后，它每天出去，而且圈子越兜越大。

它开始估量自己的长处和短处，估量何时应该大胆，何时应该小心。它认为还是应该随时随地小心些。有时它坚信自己的大无畏精神，也发脾气，也很任性，不过那种情况并不多。

可是，它一碰见迷路的雷鸟就像恶魔似的发起怒来。那次当它听见松鼠在死松树上叫时，它不客气地回敬了松鼠。每次看见加拿大鲣鸟，它总是怒不可遏，因为它永远不会忘记第一次遇见那只鲣鸟时鼻子被啄的情形。

但有时它对加拿大鲣鸟也不理睬，那多是在它受到其他食肉动物威胁的时候。它永远也忘不了那只鹰,一看见它的影子,它便立即爬进灌木丛。它走路时不再趔趔趄趄,步伐颇像它的妈妈,鬼鬼祟祟的,腿脚轻快,毫不费力。

就小灰狼猎食的情况而言,它只是一开始碰上一点运气,总共杀了七只小雷鸟和一只小黄鼠狼,可它捕杀的欲望越来越强烈。那只讨厌的小松鼠,它非把它吃了不可。只要它一露面,松鼠总是吱吱乱叫给别的动物通风报信。鸟可以飞,松鼠可以上树,而它呢,只有当松鼠来到地上时,才能趁其不备扑过去。

小灰狼十分敬重它的母亲。母亲能捕猎食物,每次都给它带来一份,而且母亲无所畏惧。但它未曾想过,母亲无所畏惧是因为经验丰富、见多识广。它则认为那是因为母亲有力量,它的母亲就代表力量。随着年龄的增长,它逐渐认识到,母亲责备它、训斥它时,经常用爪子打它,用鼻子拱它,后来还用牙咬它,这都证明母亲有力量。它也因此而敬重母亲。母亲总是强迫它听话,而且,随着它年龄一天天长大,母亲的脾气也越来越暴躁。

灾荒又来临了,小灰狼越发体会到挨饿的滋味。母狼为寻找食物而跑细了腿,它很少在洞里睡觉,大部分时间花在寻觅食物的路上,然而收获甚微。这次灾荒虽然延续的时间不长,但灾情很严重。母亲的奶汁枯竭了,小灰狼自己连一口食物也弄不来。

从前,它把捕猎当游戏,从中找乐;现在它认认真真地寻找食物,却什么也找不到。但屡屡失败反而使它成长得更快。它仔细研究松鼠的生活习惯,巧妙地对它进行突然袭击。它琢磨木鼠的习性,设法从巢穴里把它们挖出来。它对加拿大鲣鸟和啄木鸟的活动规律也了解了很多。终于有一天，它不再害怕老鹰。它变得更强壮、更聪明、更有信心。但有时，它也不得不铤而走险。它坐在空地上显眼的地方，向老鹰发出挑战。因为它知道，在蓝天上飞着的是肉，它的肚子咕咕作响一直想吃的就是它的肉。可是老鹰就是不下来应战。小灰狼爬进树丛，因为失望，肚子又饿，在那里呻吟起来。

灾荒过去了，母狼开始往洞里带回猎物。母狼这次带回的猎物很奇特，和它以往带回的食物都不同。那是一只半大的大山猫幼子，很像小灰狼，只是身体没有它大。这次全归它自己独吞，因为母亲已经在外边吃饱了。它吃的是同一窝大山猫幼子，小灰狼并不了解这一情况，也没看见母亲吃这些小山猫时那种不顾一切的样子。它只知道这毛茸茸的小家伙是肉，它一口一口地吃着，越吃越得意。

吃得太饱就容易发懒，小灰狼躺在洞里倚着妈妈的身子睡着了，但又被妈妈的一声长嗥惊醒了。它从来没听过母狼叫得这样凶，也许这是它一生里叫得最凶的一次。它这样叫是有道理的，只有它自己最清楚。它扫荡了大山猫的一窝幼崽是不会不受到惩罚的。对着午后的光线，小灰狼看见那只雌性大山猫朝洞口走来。见到这种情形，它脊背上的毛顿时立了起来。这是一个可怕的家伙，此时它不需要本能来警告它。如果说大山猫的出现还不足以使它感到可怕，这入侵者愤怒的叫声（开始是嗥，后来又突然变成有些沙哑的尖叫）所产生的恐惧感是不容置疑的。

小狼本能地作出反应，它立即站起来，靠近妈妈的身边勇敢地大叫一声，母狼不客气地把它推到自己的身后。因为洞口很低，大山猫不能一下子跳进来。当它俯身爬进来时，母狼跳上去将其按住。小灰狼看不清它们厮打的情形，只听得它们拼命地叫着，嘴里不断地发出突突声和爪子抓地时所发出的刺耳的摩擦声。两个家伙在地上摔打，大山猫牙爪并用，又咬又抓，而母狼只是用牙咬。

小灰狼也加入了战斗，一口咬住大山猫的后腿，死死地咬住不放，嘴里同时发出凶野的叫声。虽然它自己并不知道，但它身体的重量压住大山猫的后腿使其不能动弹，这样它的母亲就少受很多伤。后来战斗形势发生了变化，它反而被压在下面，只得松开嘴。转眼间它们罢手休战了片刻，大山猫立即转身朝小灰狼冲过去，用它那粗大的前爪抓住小狼的肩膀（爪尖扎进肉里一直刺到骨头），把它横摔在洞壁上。小狼又疼又怕，尖叫一声，这更增加了战斗的喧嚣。这一仗打了很长时间，小狼再鼓勇气，在战斗接近尾声时它又咬住了大山猫的后腿，嘴里还在透过牙缝恶狠狠地嘶叫着。

大山猫死了，母狼也极度虚弱，浑身难受。开始还用舌头舔小狼受伤的肩膀来安抚它，但因为失血过多，渐渐地一点儿力气也没了。整整一天一夜母狼躺在大山猫的旁边，一动不动，几乎连气也没有喘。在洞里待了一个星期，只有喝水时才出去。因为四肢疼痛，动作很迟缓。一个星期以后，大山猫被吃得精光，这时母狼的伤也好了，又能出去捕猎了。

小狼的肩又僵又疼，肩上的抓伤使它走起路来一跛一瘸的。

然而，世界好像已经变了。它在这变化了的世界里东奔西跑，好像比和大山猫打仗以前更有信心，更有力量。它已经见识了残酷的生活，它也参加了战斗，它用自己的牙齿咬过敌人，而且它活了下来。因此，它表现得更加大胆，很有一点天不怕地不怕的劲头，这是它从前所不曾有过的。它不再怕那些微不足道的小东西。虽然陌生的世界对它来说始终是神秘而又可怕，不断对它构成威胁，但它已经不再像从前那样胆怯。

它现在开始陪妈妈一起出猎。它亲眼看见很多厮杀的场景，并在其中发挥自己的作用。它模模糊糊地懂得了捕猎的法则。世界上有两种动物——除它自己的一种以外，还有另外一种。它自己的一种包括它的妈妈和它自己。另外一种包括所有会动的活物。这另一种还可以再细分。其中一部分被它自己的一类杀死并吃掉，这一部分包括那些非杀伤性动物和那些小的杀伤性动物。另一部分杀死并吃掉它自己的一类或被它自己的一类杀死或吃掉。根据这样的分类得出一条法则，生活的目的就是猎食。而生命本身就是食物，生命依靠别的生命而存在。世界上有吃者也有被吃者。这法则就是：吃或者被吃。它没有用清楚和确定的词汇来说明这一法则，也没有对其进行品评，它甚至对此连想都没有想过，只是按照这个法则生活而已。

它看到周围的一切都按照这个法则运行。它吃了小雷鸟，老鹰吃了小雷鸟的妈妈。老鹰曾差一点把它也吃了。后来它自己变得厉害了，也曾想吃掉老鹰。它曾经吃过大山猫的幼子。大山猫若不是被杀死被吃掉就会把它吃掉。事情就是这样。它周围的所有动物都是按照这个法则生活，它自己就是一个杀手，是这个法则的组成部分。它唯一的食物是肉，是活的肉。当它追扑它们时，它们就飞快地逃跑，或飞上天空，或爬到树上，或钻到地下，或迎上来与它战斗，或反过身来追赶它。

假如小灰狼能像人那样考虑问题，它会把生活看作是一个极大的贪婪的胃口，把世界看作是由各种各样的胃口组成的一个地方——在那里有的追逐，有的被追逐；有的猎杀，有的被猎杀；有的吃，有的被吃；贪婪和杀戮之中充满了盲目、混乱和暴力，运气和无情主宰着一切，一切都在混乱之中无休止地进行着。

可是小灰狼并不是像人那样考虑问题。它观察事物时眼界很窄，它做事的目的总是单一的，每做一件事只有一个想法和愿望。除了食肉的法则之外，它还必须学习和遵守很多次要的法则。世界上充满了意想不到的事情，它生命的活力和身体的功能给了它无限的乐趣，追逐猎物使它感到兴奋，发怒和战斗使它由衷地愉快，恐怖和陌生世界的神秘成了它生活的添加剂。

它有时也觉得很轻松，很满意。吃饱了肚子，在阳光下懒洋洋地睡觉——这是对它的热情和辛勤所给予的回报，尽管它的"热情"和"辛勤"本身就是对它的酬劳。这是生活的自我表达方式。当生活能够进行自我表达时，生活总是幸福的，所以小灰狼与世无争。它总是生龙活虎，心情愉快，为自己感到自豪。

第三章　荒野里的神

——

一　造火者

小灰狼离开洞穴去小河边喝水时突然遇见了一件事。那完全怪它自己，它太粗心大意。可能是它没有注意的缘故，因为它太困了（它整整一夜都在外面捕猎，现在刚刚醒来）。它粗心大意可能是因为经常走那条路，过去从未遇到过任何事情。

它从那棵死松树旁走过去，穿过那块空地，然后进入树丛。就在这时，它看见了异样的东西，闻见了异样的气味。在它眼前，安安静静地坐着五个从未见过的活物。这是它有生以来第一次看见人，可是这五个人看见它时并没有站起来，也没有龇牙嚎叫。他们一声不响地坐在那里——这是不祥之兆。

小灰狼也没有动。就其本能而言，它此时会撒腿逃跑。可是它被突然出现的另一种本能束缚了手脚，它被一种恐惧感所笼罩。它此时觉得自己软弱无力、非常渺小，因而陷入瘫痪状态。它被一种来自遥远的巨大力量所主宰。

小灰狼从前没有见过人，但是它对于人有一种本能的反应。它从人的身上仿佛看到一个战胜了荒野里其他兽类之后而使自己处于至高无上地位的动物。它不仅用自己的眼睛观察，而且通过它世代祖先的眼睛在观察——那是在黑夜里看过无数冬季篝火的眼睛，是从远处和灌木丛中窥视过这两条腿的奇怪动物的眼睛，而这个动物又恰恰是所有其他活物的王。小灰狼被祖先的遗传所产生的魔力——在与人的千百年的争斗中所产生的对于人的惧怕和尊敬以及世世代代积累的经验——左右着。这一遗产对于一个小狼的控制力简直是无法挣脱的。假如它是一只成年的狼，它会逃跑的。但是它吓得瘫在地上，表示屈从，和当初狼第一次来到篝火旁取暖时的表现是一模一样的。

其中的一个印第安人起身朝它走来，弯下腰站在它身边。它紧贴着地皮卧着。陌生的世界终于变成一个具体的、有血有肉的东西要伸出手来抓它。它的毛不由得根根直立，嘴唇往后卷曲，露出了它的小狼牙。那只伸向它的手停在半空，犹豫了一会儿，然后那人笑着说："Wabam wabisca ip pit tah."（"瞧！白牙！"）

其他几个印第安人哈哈大笑，催他赶紧把小狼抓起来。在他把手伸向小狼时，在小狼体内引发了两个本能的激战——屈服的本能和斗争的本能。最后，它采取了既屈服又斗争的妥协办法。在印第安人的手还没摸着它时，它屈服。然后，它进行了斗争，只见它的白牙一闪便咬住那人的手。它的头上立即挨了一棒，被打翻在地。此时它的斗争的本能烟消云散，懦弱和屈服的本能占了上风。它坐起来呻吟，可是被咬了手的人发怒了，朝它的脑袋另一侧又打了一棒。它直着身子坐起来，大声嗥叫着。

那四个印第安人笑得更厉害了，连那个被咬的人也笑了。小狼又怕又疼，不住地呻吟，印第安人围着它笑。正在这时它听见一个声音，那些印第安人也听见了。小狼心里明白是怎么回事。最后，它长嗥了一声（在这一声里胜利的喜悦多于被困的悲哀），便不再出声，静等妈妈到来——等着它那凶悍倔强、不屈不挠、打遍天下无敌手的妈妈。它已经听见小狼的叫声，现在正风风火火地叫着跑来救它的孩子。

它冲进他们中间，母性的急切心情和好斗的性格完全表现在它那凶恶的面孔上。它为了保护儿子而发怒的情景使小灰狼感到宽慰。它兴奋地叫了一声，便跳到母狼跟前，那几个印第安人慌慌张张地往后退了好几步。母狼用身体偎住小狼，面对着印第安人，怒发冲冠，喉咙里发出一阵闷雷般的咆哮。它用尽力气嗥叫，鼻梁尖和眼角皱成一团，脸上充满了杀气。

这时，其中的一个人叫了一声，他叫的是"吉士！"这是一声惊奇的呼叫，小灰狼发现它的妈妈听见叫声就软了下来。

"吉士!"那人又叫了一声,这次声音很严厉,不容违拗。

然后,小灰狼看见曾经是无所畏惧的妈妈肚皮贴着地面趴下了,嘴里不住地哼哼着,尾巴摇来摇去,做出很顺从的样子。小灰狼不明白,它惊愕了。对于人的畏惧感又控制了它。看来它对于人的本能的反应是正确的,它的妈妈已经证实了这一点,因为它也向人表示屈服。喊吉士的那个人朝它走来。他用手摸摸它的头,它的身子与地面贴得更紧。它没有咬他,也没有吓唬他。其他几个人也走过来围住它,有的摸它,有的抓它,它并没有表示反感。这些人很激动,嘴里发出各种不同的声音。小灰狼知道,这些声音并不预示任何危险。它老老实实地趴在妈妈身边,心里感到阵阵紧张,尽力做出屈从的样子。

"毫无疑问,"一个印第安人说,"它的父亲是狼,它的母亲是狗。记不记得,那年发情期期间,我哥哥把它母亲拴在树林里,让它在那里待了三天三夜?因此,吉士的父亲肯定是狼。"

"我说灰狸子,它跑了一年了。"又一个印第安人说。

"毫无疑问,大马哈鱼舌头。"灰狸子答道,"那是闹灾荒的时候,狗没有肉吃。"

"它一直和狼生活。"第三个印第安人说。

"这么说,三鹰,"灰狸子答道,把手放在小灰狼的身上,"它就是证据了。"

小灰狼叫了一声,灰狸子把手抽回来打了它一巴掌。小灰狼立即把露出的牙收回去,规规矩矩地卧下。灰狸子又把手放在它身上,在耳根处抓弄,在背上来回抚摸。

"它就是证据。"灰狸子接着说，"很清楚，它妈妈是吉士，它爸爸是狼。因此，它的狼性大于狗性。它的牙是白的，就叫它'白牙'吧。我已经说过了，它是我的狗。吉士不是我哥哥的狗吗？我哥哥不是已经死了吗？"

现在小灰狼有了名字。它继续卧在地上看，这些人的嘴里不停地发出各种声音。灰狸子从挂在脖子上的刀鞘里抽出一把刀，进了树丛，砍了一根树枝来。白牙盯着他。他在树枝的两头分别刻了一个凹槽，在槽里各系了一根皮条。他把一根皮条扎在吉士的脖子上，然后把它牵到一棵小松树旁，把另一根皮条拴在上面。

白牙跟了过去，卧在妈妈的身边。大马哈鱼舌头伸出手来把小灰狼翻了个四脚朝天，吉士焦急地看着它。小灰狼心里很害怕，它禁不住叫了一声，可是没敢咬他。那张开的弯曲的手指搔弄它的肚皮，来回晃荡它的身子。四脚朝天仰卧在地上真不像样子，而且这种姿势使它感到有力无法使，就其本性来讲，它十分厌恶这种姿势。没办法，现在它无能为力。假如这个人想害它，它一点办法也没有，四脚朝天怎能跑得了？为了抑制恐惧心理，它只得屈服。它轻轻地叫着，那人对它的叫声并不反感，他没有打它脑袋。说来奇怪，那人的手在它身上来回抚摸时，它感到很舒服，难以形容的舒服。它被推倒侧身躺着时，它没有叫；当那人的手指抓弄它的耳根时，它感到更舒服；最后那人用手指挠了它一下就走开了，这时白牙的恐惧已经完全消失。虽然在它后来与人的交往中有过很多可怕的事情，不过此次恐惧感的消失是一个标志——在将来陪伴人的过程中它会忘掉恐惧的。

过了一会儿，白牙听到一些奇怪的声音，离它越来越近，它立即便听出这是人的声音。它分类的能力很强。又过了几分钟，这一部族的人拖着长长的队伍都来了。队伍里有几个男人，其余的是妇女和小孩，总共四十人，人人身上都背着沉重的扎营行装。还有很多狗。除了小狗以外，这些狗身上也都拖着行装，每条狗的背上都拖着二三十磅重的袋子。

白牙从前没有看见过狗，可是一见面它就觉得它们和自己是同类，只是略微有些不同。但当这些狗看见小灰狼和它妈妈时，它们却分不清它们两个是狗还是狼，狗群一齐冲上来。白牙很紧张，大声嗥叫，冲着潮水般涌上来的狗群就咬。但是它被撞倒了，被踩在脚下，只觉得身上被牙齿咬得生疼。它也牙爪并用，照着狗腿和肚子又咬又抓。在一片喧嚣之中它听见了吉士为保护它而发出的嗥叫声，也听见了人的喊声以及棍子打在狗身上发出的响声和狗的叫声。

只几秒钟，它又爬起来站稳了。它看到人们为了保护它，为了把它从狗（这些狗既是它的同类，但又不完全是）的利齿之下救出来，正用棍棒和石头驱赶它们。虽然在它的脑子里还不清楚"正义"之类的抽象概念，但根据它的理解方式，他们是主持正义的，而且它知道，他们既是立法者，也是执法者。它很赞赏他们在执法过程中所表现的威力。他们和它见过的所有其他动物不同，他们既不咬，也不抓。他们可以把死物变活，而死物却乖乖地听他们的话，他们投出去的棍棒和石头就像活物一样在空中飞，打在狗身上，打得它们汪汪乱叫。

在它看来，这些人的力量非同寻常，不可理解，颇有神威。就其动物的本性，白牙不可能知道什么是神，它最多只能知道一些超出它的知识范围的事情，它在人身上所感到的神奇和可畏在某种程度上和人在天神身上所感到的神奇和可畏是相似的。这天神站在山顶上，举起双手把隆隆的响雷投向人间，轰得世界惊愕不已。

当最后一只狗被赶走时，乱哄哄的场面立即安静下来。白牙一边舔着伤口，一边回忆它第一次被狗群攻击的滋味和与它们初次见面的情景。它做梦也没想到，在它的同类里除了独眼狼、母亲和它自己以外，还有别的动物。它们几个曾单独结成一伙。在这里它突然间发现了很多别的动物，它们分明是它的同类。它心里有点别扭，这些同类为什么刚见面就攻击它、加害于它呢?同样，它的妈妈被绑在一根棍子上，尽管是比它们高级的人绑的，它也感到不是滋味，因为这意味着束缚和陷害。至于什么是束缚和陷害，它并不很清楚。自由自在地游荡，想跑就跑，想躺就躺，这是祖宗的遗传。现在这一自由已经被损害。母亲的活动范围被限制在一根棍子的长度里，它自己的活动范围也被限制在一根棍子的长度里，因为它还不能离开妈妈的身边。

它不喜欢这样。当这些人动身上路时它也不喜欢，一个小个子拿起棍子牵着吉士就走，白牙在后边跟着，心里忐忑不安，不知他们要干什么。

他们沿着河谷走（白牙从未到过那里），一直来到河谷的尽头，即小河汇入麦肯兹河的地方。那里有好几只皮筏子高高架在柱子上，还有几个晒鱼的架子。他们在那里安顿下来。白牙睁着两只好奇的眼睛看着他们，越看越觉得这些人比它自己的一类高级。他们能管住那些长牙利齿的狗，这说明他们有力量。在白牙看来，他们还有更了不起的地方，他们能指使不会活动的死物，能叫死物动起来，他们具有改变世界的力量。

最后一件事对它影响特别大。在地上立起来的框架引起了它的注意。然而，这本身还不算太神奇，因为这些框架是那些能把棍子和石头投得很远的人立起来的。当这些用柱子搭成的框架被蒙上帆布和皮子以后，把它们变成圆锥形帐篷时，白牙惊愕了。这些巨大的帐篷给它留下的印象极深，就像顿时长高的妖魔在它四周耸立起来。它的眼睛所能扫视的地方都被这些东西占据了。它感到可怕。这些帐篷就像不祥的阴影将它罩住。当凉风骤起，帐篷左摇右摆时，它吓得卧在地上，眼睛紧盯着它们，万一它们倒了朝它砸过来它好赶紧逃命。

它对帐篷的恐惧心理很快就消失了。它看见女人和孩子们进进出出的都安然无事，它看见狗也往里面钻，又被人们大喊大叫地用石头轰出来。过了一会儿，它离开吉士身边，小心翼翼地朝最近的一个帐篷走过去。是成长过程中的好奇心促使它这样做——它需要学习，需要取得生活经验。当它距离帐篷只有几寸远时，它的动作特别慢、特别小心。这一天的历险使它有了思想准备——让这陌生的世界随便吧。最后它的鼻子触到了帐篷的帆布墙壁。它静静地等待着，可什么事儿也没有发生。然后它用鼻子闻闻这奇怪的充满了人味的织物。它用牙咬住帆布又轻轻地拉一下。没事儿，只是旁边的帆布动了动。它用力拉时，帆布动得大一些。真有意思。它再用力拉一下，又拉一下，整个帐篷开始晃荡起来。帐篷里一个印第安女人大喊了一声，吓得它连蹦带跳地跑回吉士身边。打那以后，它不再害怕这些高大的印第安帐篷了。

过了一会儿，它又从妈妈身边走开了。吉士被拴在地上的木桩上，因此无法跟着它。一只半大的小狗，略微比白牙大些，一步一步地朝它走来，露出一种好战的神情。小狗的名字叫唇唇，这是后来白牙听人这样叫它。唇唇和狗打架有经验，算得是一只颇为霸道的狗。

唇唇是白牙的同类，又是一只幼犬，并没有什么危险，所以白牙准备和它友好相处。可是当这个陌生的狗绷着腿龇着牙朝它走来时，白牙也绷起腿，也露出牙齿。它们弓着身子靠在一起，身上的毛直立着，试探性地互相叫着，相持了好几分钟。白牙把这当作游戏，觉得很有趣。可是突然间，唇唇以闪电般的速度朝它扑过来，在它身上咬了一条长长的口子，又立即退了回去。这一口正咬在曾经被大山猫咬伤、至今靠近骨头的地方还疼的肩膀上。白牙对这突如其来的攻击毫无准备，疼得叫了一声。它怒不可遏地朝唇唇反扑过去，疯狂地撕咬起来。

可是，唇唇一直和别的小狗生活在营寨里，已是身经百战。它那锐利的小牙屡屡咬在这位新来者的身上，最后，白牙哀叫了一声跑回母亲身边乞求保护。这是它和唇唇的第一次遭遇，后来它们多次交手，因为一开始就互相为敌，它们之间注定要经常产生摩擦。

　　吉士伸出舌头舔它安慰它，劝它别再走开。可是此时它的好奇心太盛，几分钟以后，它又冒险去了。这回它碰上了灰狸子，他正坐在地上，摆弄着摊在面前的木棍和干苔藓之类的东西。白牙上前去看，灰狸子嘴里说了些什么，白牙估计他没有恶意，便又往前走了几步。

　　女人和孩子们又抱来一些木棍和树枝。很显然，他们在做一件很重要的事情。白牙很好奇，它忘记了灰狸子是一个可怕的人，便走到他跟前，贴着他的腿站着。忽然，它看见一股雾状的东西从灰狸子手下面的树枝间冒出来，接着，又冒出一个活的东西，弯弯曲曲地在动，颜色和天空的太阳一样。白牙不知道什么是火，它被吸引住了，就和它小时候被洞口的光所吸引一样，它往前走了几步凑到火苗跟前。灰狸子笑了一声，它听得出来笑声里没有恶意。它的鼻子碰了一下火苗，接着又伸出舌头来。

　　突然间，它差点瘫痪在地上。埋伏在树枝和苔藓中间的陌生世界恶狠狠地抓住了它的鼻子。它连滚带爬地退回来，吓得嗷嗷直叫。听见白牙的叫声，吉士一跃而起，冲着它就嗥起来。它拼命地嗥叫是因为脖子上拴着棍子无法过来救白牙。灰狸子一面拍着大腿哈哈大笑，一面告诉别人刚才发生的事情，引得人们也哄堂大笑。白牙仍然坐在地上呻吟，在人群的包围之中现出一副孤苦伶仃的可怜相。

　　这次挨火烧是它有生以来感到最疼的一次。它的鼻子和舌头被那颜色像太阳的东西烧伤。它不停地呻吟，每哭一声就引得人们大笑一阵。它想用舌头舔舔鼻子，可是舌头也烧伤了。鼻子舌头一起疼，疼上加疼。它感到孤立无援，因此哭得更厉害。

它觉得受到了羞辱，它知道人们为什么笑。我们并不明白有些动物怎么会懂得笑的含义以及它们怎么知道人们在笑它们，可是它们确实知道，白牙也知道。当这些人取笑它时，它感到脸面不好看。它转身跑了，不是因为火把它烧疼了，而是他们的笑声对它刺激太大，它的精神受不了。它跑到吉士身边——吉士仍在那里发疯似的嗥叫着。世界上只有吉士不笑话它。

暮色苍茫，黑夜降临，白牙躺在母亲身边。它的鼻子和舌头还没好，又出现更大的麻烦了——它想家了。它感到心中空虚，它要回到小河岸边的洞里，那里安静。现在生活变得乱哄哄的。到处是人，男人，女人，小孩子，吵吵嚷嚷，真讨厌。还有那些狗，没完没了地汪汪叫，真乱。它从前独自过的那种恬静生活一去不复返了。在这里，连空气都在一刻不停地颤动，嗡嗡嗡不停地响。声音一会儿大，一会儿小，一会儿高，一会儿低，使它感到神经紧张，焦躁不安，不知过一会儿又要发生什么，真是无休止的忧虑。

白牙注视着在营寨里来来往往走动的人们。它在看人时，它脸上的表情很像人在看他们自己创造的神时脸上的表情。他们是更高级的动物，实际上就是神。根据它模模糊糊的理解，他们是奇迹的创造者，就和人认为神是奇迹的创造者一样。他们控制着所有的动物，掌握着左右陌生世界的全部方法和超常的力量，是所有活物和死物的主宰，能让活的东西听指挥，能让死的东西活起来，能让死的苔藓和树枝长出生命——色如太阳、张嘴能咬的生命，他们是火的制造者，他们是神。

二 枷锁

最近白牙经历了很多事情。在母亲被拴在棍子上的日子里，它在营寨里到处转悠，进行调查研究。它很快就了解了很多关于人的生活方式，但它仍然不敢轻视他们。它越了解他们，就越证明他们优越，就越发现他们具有神秘的力量，他们就越像神。

当人看到他信仰的神已经被推翻，神坛已经塌陷，常常感到悲哀。但是拜倒在人的脚下的狼和野狗，从不感到悲哀。人所崇拜的神不过是脱离现实的虚无缥缈的想象，神被无限地夸大，但是谁也没见过神。神是人所盼望的象征"善"和"力"的游魂，是超出自我的朦胧部分在精神王国里的表现形式。和人不同，被火吸引来的狼和野狗发现它们所崇拜的神是有血有肉、可摸可触的。他们占据地面和空间；同时，为了生存，为了达到他们的目的，他们也需要时间。崇拜这一神灵无须首先培养对他们的信仰，也没有任何意志力量能够引诱它放弃这一信仰。神是无法回避的，他就叉开双腿站在那里，手里拿着棍子，潜藏着无穷的力量。他有时情绪激昂，有时生气，有时慈爱。他的神明、他的神秘和力量全都包含在他的身体里，他的身体破了也流血，他的肉也和别的动物的肉一样鲜美好吃。

在白牙看来也是一样，这些人是千真万确、实实在在的神。它母亲刚一听见他们叫它的名字就立即对他们表示忠诚，所以，它也对他们表示忠诚。他们走来走去时，它就给他们让路(这无疑是他们应该享有的特权)。他们喊它时，它就赶紧过来。他们吓唬它，它就趴下。他们命令它走开，它就赶紧走开。他们要想做一件事，就有足够的力量实现他们的愿望，他们可以用棍子打，用石头砸，用鞭子抽。

它和那些狗一样是属于他们的。他们叫它干什么它就干什么，它的身体随便他们蹂躏、践踏，而它必须忍耐，这是它在几天之内得到的教训。这个教训得之不易，弃之也难，这与它的本性水火不相容。虽然开始时它并不喜欢这个教训，但现在它不知不觉地开始喜欢了。这是把自己的命运置于别人的手中，是生存责任的转移。当然，这本身也是一种补偿，因为依靠别人总比自己独立生活来得容易。

它把自己的身心全部交给了人，这不是在一天之内能够做到的。它不会很快就放弃它的野性，也不会立即忘掉荒野里的生活。有几次它偷偷跑到树林边上，站在那里听，好像有一个声音在招呼它远走高飞。可是每次它又返回来，心情焦躁不安，卧在吉士的身旁轻轻地呻吟，用舌头急切地舔吉士的脸，好像在向它探寻着什么。

白牙很快了解了营寨里的生活情况。当主人给狗喂鱼喂肉时，它看出老狗们贪得无厌，而且蛮不讲理。它还看出男人们更公平，小孩们更残酷，女人们心地善良，总是她们扔给它一块肉或是一根骨头。在被小狗的妈妈们咬了两三次以后，它懂得了一个道理，最好别招惹这些母狗，躲它们越远越好，只要看见它们走过来就赶紧避开。

　　但是使它感到烦恼的是唇唇。唇唇比它大，比它壮，因此就专门对它进行迫害。白牙很想应战，但不是对手。唇唇个子太大，是缠绕着白牙的恶魔。只要白牙一离开妈妈的身边，唇唇准出现，尾随在身后冲它叫，找碴儿。只要它的主人不在眼前，它就朝白牙扑来，逼着它打架。因为唇唇总是胜者，所以它很喜欢找碴儿打架。这对白牙真是一个折磨，但对唇唇却是很大的乐趣。

　　可是这并没有使白牙变得胆怯。虽然它总是受伤，总是战败，可它的精神从不屈服，然而，这却对它起了很坏的作用。它变得很凶恶，脾气很坏。它的脾气原来就凶狠，在唇唇无穷无尽的迫害之下，它变得更凶狠了。它正处在童年时期，本来喜好交游，喜好玩耍，可是它现在完全变了。它从来不和营寨里的小狗们蹦蹦跳跳地玩耍，唇唇不允许它这样。只要白牙一靠近它们，唇唇就扑过来欺负它、威吓它，或者咬它，直到把它赶走为止。

　　这样，白牙就失去了稚幼的童心，它变得老成。既然不能通过玩耍发泄它的精力，它就暗自发展它的智力。它变得很狡猾，它利用自己的闲暇时间琢磨花招。喂狗时它得不到自己的一份鱼和肉，就设法去偷。它总是能偷到食物，但也给印第安人的妻子们带来很多苦恼。它学会了在营寨里偷偷摸摸地窜来窜去，了解各个角落里发生的事情，有热闹就看，有热闹就听，用自己的脑子进行分析，并成功地想出一些躲避它的死敌的方法。

　　早在它被唇唇迫害的时候，它就和它进行巧妙的周旋，并尝到了复仇的滋味。过去吉士和狼一起生活时就从人的营寨里把狗引诱出来吃掉，现在它用同样的方法把唇唇引诱出来叫吉士为它报仇。白牙在唇唇面前退却，在帐篷之间穿来穿去，一会儿进了帐篷，一会儿又出来。它跑得很快，比同龄的其他小狗和唇唇跑得都快。但是唇唇追赶它时它并不拿出全力来跑，唇唇只差一步就要追上它了。

唇唇看白牙就在它前面，越追越激动，也不看跑到哪里了，只顾猛追。当它发现情况不妙时已经晚了。它拼全力绕帐篷跑过来，一头扎到拴在木棒上的吉士怀里。它惊恐地大叫一声，吉士张开大嘴把它咬住了。虽然吉士被拴着，但是唇唇要想逃脱也并不容易。为了防备它逃脱，吉士把它撂倒在地上，用长牙撕它、咬它。

最后它从吉士身边滚开，然后站起来，浑身上下的毛被揉搓得乱七八糟，身体受了伤，精神也受了挫。身上凡是被吉士咬过的地方，毛都卷成了团。它原地不动站着，张开嘴伤心地哭了。哭声还没有收敛，白牙就蹿上来咬住它的后腿。此时唇唇已无招架之力，顾不得脸面，撒腿就跑，白牙不肯罢休，紧随其后，直到把它赶回帐篷。印第安女人们出来解了围，最后，她们用连珠炮式的石头把气势汹汹的白牙撵走了。

一天，灰狸子把拴在棍子上的吉士解开，他认为现在它不会逃跑了。妈妈又获得了自由，白牙高兴极了。它兴高采烈地陪着妈妈在营寨里转来转去。只要它和妈妈在一起，唇唇就不敢靠前。白牙甚至立起颈毛傲慢地朝它走过去向它挑战，可是它不理睬。唇唇并不是傻子，它要报仇就得有耐心等到与白牙单独相遇的时候。

那天下午，吉士和白牙来到离营寨不远的树林边上。它把母亲一步一步引到那里，它停下脚步，白牙还想引诱它继续往前走。小河、洞穴和静寂的树林都在召唤它，它要妈妈和它一起走。它往前跑了几步，停下来回头看看，妈妈站着不动。它呜呜咽咽地叫着请求妈妈，在小灌木丛底下钻来钻去，样子很调皮。它跑回来，舔舔妈妈的脸，然后又往前跑。妈妈仍然不动。它停下来盯着妈妈，眼睛里充满了恳切的神情。当吉士回过头去面向营寨的时候，白牙眼睛里的恳切神情慢慢消失了。

空旷的荒野里有一个声音在召唤它，它的母亲也听见了。但是它也听见另外一个更响的召唤——火与人的召唤，在所有的动物里，只有狼和它的弟兄——野狗，才能对这个召唤作出反应。

吉士朝营寨慢慢跑去，营寨对它的吸引力比拴在棍子上给它的约束力还要强。人仍在用神秘的不可见的力量控制着它，不放它走。白牙坐在一棵白桦树的树荫底下轻轻地呻吟。空气里飘着强烈的松树味和树林的淡淡的清香，使它回忆起先前的自由自在的生活。但它毕竟还是个未成年的孩子，不论是人的召唤还是荒野的召唤都赶不上母亲的召唤。它年轻的生命要在母亲的卵翼之下才能得以维持，它现在还没有独立生活的能力。于是，它站起来，孤零零地朝营寨跑去，中间停了一两次，坐下来呻吟，听着来自树林深处的召唤。

在荒野里，母亲和孩子在一起的时间是短暂的。在人的控制之下，它们在一起的时间甚至更短。白牙的情况就是如此。灰狸子欠三鹰的债，而三鹰要离开这里到麦肯兹河上游的大奴湖去。灰狸子给了三鹰一块红布、一张熊皮、二十颗子弹以及吉士来顶债。白牙看见三鹰把妈妈带到小划子上就拼命去追，三鹰用棍子把它打回到岸上。小划子离开了。白牙跳进水里游泳去追，灰狸子大声喊它回来，它听不见，甚至连神一般的人它也不理会，可以想见，白牙失去母亲时的恐惧心情。

　　神的命令是不能违抗的。灰狸子气势汹汹地把他的小划子放到河里去追它，追上以后一伸手抓住白牙的脖子把它拉出水面。他没有立即把白牙放在划子里，而是用一只手把它悬在空中，用另一只手打它。这顿打可不轻，他的手很重，每一拳都打在疼处，一连打了很多拳。

　　拳头像雨点似的落在白牙身上，一会儿打这边，一会儿打那边，白牙像一个乱了套的钟摆，左右乱晃。这时它的心情错综复杂。开始，它感到突然，然后是一阵害怕。灰狸子用拳头打它时，它大声叫，它越叫灰狸子越生气。这时它的野性也发作了，它龇着牙冲着凶神无所畏惧地嗥起来，灰狸子反而更怒了，拳头来得更猛、更重，而且专朝疼处打。

　　灰狸子一个劲儿地打，白牙一个劲儿地叫。可是总得有停的时候，总得有一方先停下来。是哪一方呢？是白牙。它又害怕了。这是它第一次任人宰割。和这比起来，它从前挨棍子打、挨石头砸，那算什么？那简直就跟有人用手摸摸它的后背一样。它挺不住了，开始又哭又叫。有一阵子它每挨一拳就叫一声，开始是害怕，后来是恐惧。最后它的叫声变成了不间断的长嗥，只是随着拳头的起落而稍有停顿。

最后，灰狸子住了手。白牙耷拉着四条腿还在叫，主人这才心满意足，一松手把它撂在小划子里。这时小划子在河里已经漂了一段路程，灰狸子弯腰去捡船桨，白牙挡了他的道，他狠狠地踢了它一脚。白牙又犯野性了，照着穿软皮平底鞋的脚就咬了一口。

白牙立即又挨了一顿打，比刚才那顿打还厉害。灰狸子生起气来很可怕。白牙吓得要死。这次他不光是用手打，连船桨也用上了。当它再次被摔在小划子里时，它已经全身是伤，疼痛难忍。灰狸子又用脚踢它，叫它知道他的厉害。这回白牙没有咬他的脚，它吸取了一个教训——当它身陷囹圄时，不论在任何情况下也不能咬它的主人。主人的身体是神圣的，不能被白牙之流的牙齿玷污。那简直是罪上加罪，是绝不能被宽恕或忽略的。

小划子靠岸时，白牙一动不动地躺着呻吟，听候主人的摆布。主人让它上岸，它就被扔到岸上，摔得浑身伤口阵阵作疼。它战战兢兢地站起来，仍在呻吟。唇唇在岸上看得一清二楚，现在它朝白牙扑过来，按在地上就咬。白牙无力自卫，若不是灰狸子伸出一只脚把唇唇拦腰勾起，甩到三码之外，白牙就倒霉了。这就是人的正义感，即使在那样悲惨的处境里。白牙也为之感动。它跟着灰狸子穿过营寨回到帐篷。这时白牙又懂得了一个道理，惩罚的权利归人所有，在人统治之下的劣等动物是没有这个权利的。

当夜幕降临，万籁俱寂，白牙记起了妈妈，它为妈妈感到难过。它难过得哭出了声，吵醒了灰狸子，又打了它一顿。以后周围再有人时它就轻轻地哭泣，有时它自己跑到树林边上，在那里它可以放声大哭，以排遣心中的悲哀。

这期间它完全可能想起它的洞穴以及洞穴旁边的小河而回到荒野去，可是它心里挂念着妈妈，也许有一天妈妈会跟着打猎的人们一起回来。为了等妈妈，它继续留在那里受人家的管制。

然而，受管制的日子也并不是完全不幸的，也有不少事儿使它感觉兴趣，差不多天天都有这样或那样的事情发生。这些人总是在做着一些奇怪的事情，而它总是怀着好奇心去看。此外，它也学会了和灰狸子搞好关系。它必须服从，怎么说就怎么做，绝对地服从，这样它就不再挨打，也就能将就着在这儿待下去。

有时灰狸子也亲自扔给它一块肉，把别的狗赶开让它自己吃。这样的一块肉可非同一般，不知怎的，它觉得比印第安女人扔给它的十几块肉价值还高。灰狸子从来不拍它，也不抚摸它。也许是因为他的手有力量，也许是因为他有正义感，也许是完全因为他有威力，也许是所有这些因素加在一起，对白牙起了作用，在它和它那粗暴的主人之间正在形成一种不可分离的关系。

套在它身上的枷锁以一种微妙的方式暗暗地把它锁住，当然，棍棒、石头和拳头也起了很大作用。当初它的先辈朝人的火堆走来时，说明在它们身上有一种品质，而这种品质是能够发展的。现在，这种品质正在白牙身上发展着。营寨生活尽管有其悲惨的一面，但它心里却暗暗地喜欢上了那里的生活。这一点白牙并没有意识到。它只是因为失去了母亲而感到悲哀，希望有朝一日母亲能够回来，渴望着再次享受从前过的那种自由自在的生活。

三 被排斥

因为唇唇不断骚扰，白牙变得更加凶恶。虽然它生来性野，但是在这种环境下发展起来的凶恶已经超过了它的野性。在印第安人当中白牙凶恶是出了名的。只要营寨里有了麻烦，打起来了，吵起来了，或者因为偷吃一块肉惹得女人们大嚷大叫，那就准有白牙的事，而且它往往是祸首。他们不问它为什么这样做，他们看到的只是后果，而后果往往糟糕得很。它是一个鬼鬼祟祟的贼，是一个捣蛋鬼。它眼望着印第安女人，机警地躲闪她们投过来的石头时，她们指着它的鼻子骂它是狼、是废物，将来不得好死。

在这人口众多的营寨里没有人理睬它，所有的小狗都跟着唇唇跑，它们之间是有区别的。也许它们感觉到了它从荒野带来的野性，它们本能地对它怀有敌意，就像家狗对野狼怀有敌意一样。因此，它们和唇唇联合起来迫害它。一旦它们宣布与它为敌，它们就有理由永远与它为敌。每只狗都挨过白牙的咬。它也真行，它咬别的狗次数多，别的狗咬它的次数反而少。若是一对一地打，这些小狗多数不是它的对手，但是它找不到和它们单独作战的机会，只要与它们任何一个单独相遇，营寨里所有的狗就都跑来一齐围歼它。

从它们对它的围攻当中它悟出两个重要启示：一，遭到围攻时要知道如何保护自己；二，与它们单独相遇时，要在最短的时间里给敌人以最大的打击。能在充满敌意的狗群中间站稳脚跟就是生活，这个道理它现在铭记在心。它现在能够像猫似的稳稳地站着。大狗可以用它们强壮的身躯撞它，它或者跳起来悬空而行，或者在地上滑动，可是它的四条腿总是朝下，总是稳稳地踩在母亲大地上。一般狗打架时总是先汪汪叫，绷着腿乱窜一阵，然后才进入战斗。但白牙不要这些前奏。耽搁时间就意味着等着别的狗来围攻，它必须速战速决，然后赶紧撤离战场。它进攻之前不露声色，不宣而战，上来就咬，使敌人措手不及。它学会了快、准、狠地打击敌人，它知道突然袭击的重要性。假如它已经把敌人的肩膀咬开，把对手的耳朵撕成了碎条，对手还不知道是怎么回事，那敌人就算被打败了。

而且，采用突然袭击的方式很容易把狗掀翻，狗被掀翻以后，总是把颈部下面那柔软的致命部位暴露出来，一击即毙。白牙知道这个部位在哪儿。这个常识是从历代狼群那里传下来的。这就是白牙的方法，它总是按照这样的步骤进攻：首先，寻找单个的小狗，然后，对其发起突然袭击，将其扳倒在地，最后，用牙咬其颈部的致命处。

因为还未成年，它的上颌还不够大，也不够有力，它的进攻方式还不能置敌人于死地，可是营寨里的很多小狗的脖子上都带着白牙的咬伤。一天它在树林旁边遇上一只小狗，它接二连三地把狗弄倒，然后咬断小狗颈上的大动脉，狗死了。那天夜里营寨里大闹了一场。有人看见白牙咬死小狗，然后就去告诉了狗的主人。女人们也想起了好几次丢肉的事，人们你一言我一语地来找灰狸子，吵吵嚷嚷要报仇。灰狸子早把"罪犯"藏在帐篷里，他死死守着门口，不许他们进去。

因此，白牙也就变成了"万人恨"，人也恨，狗也恨。在这段时间里它不曾过一天安生日子。狗咬它，人打它。狗见了它就叫，人见了它就骂，就用石头砸。它提心吊胆地过日子，总是感到紧张，时刻防备对它的袭击，警惕那些趁它不备而飞来的石块，随时需采取迅速而冷静的行动，或者扑上去撕咬，或者一声嗥叫，溜之大吉。

说起嗥叫，它比营寨里所有的狗都叫得可怕。嗥叫的用意是威胁或恫吓，至于何时嗥叫最有用，那就需要判断。白牙懂得如何判断，也知道何时判断，它的叫声既恶又毒又可怕。它叫的时候鼻子因为不停地抽搐而起褶，身上的毛浪头般一阵阵波起，舌头好像一条红色的蛇从嘴里伸出来又缩回去，耳朵耷拉着，眼睛放射出仇恨的光，嘴唇往后一绷露出滴着唾液的长牙，任何企图向它进攻者，都会怯步不前。这瞬间的"怯步不前"对于白牙是至关重要的，它可以利用这个时间考虑如何行动。事实是，这瞬间的迟疑常常迫使进攻者偃旗息鼓。曾经有过好几次，它的叫声竟然使大狗"怯步不前"，它则趁机大模大样地走掉。

白牙被狗群排斥在外，但是它那血腥残酷的战术和立竿见影的效果，对于它们的迫害是一个报复。事情说来凑巧，狗群把白牙排斥在外，可是它们谁也别想离开狗群单独行动。白牙不允许它们这样。因为它不动声色进行伏击，使得小狗们不敢单独行动。除了唇唇以外，其余的都得老老实实待在一起，以共同对付白牙。假如哪只小狗单独跑到河边，那就意味着它的死亡，即使从伏击者身边逃脱，它那惨叫声也得把营寨里所有的人和狗都惊动起来。

小狗们吸取了足够的教训，它们必须待在一起。即使如此，白牙也没有停止对它们进行报复。小狗走单了，就会遭到白牙的攻击；它们成群时，就对白牙进行攻击，只要看见它的影子就追它。每逢这时，它的速度总能甩掉它们。可是追它的时候跑在前面的狗就惨了。白牙学会了杀回马枪，朝着第一个追上来的狗扑过去，趁后边的狗还没赶上来就乱咬一通。这种情况经常发生，因为狗群边追边叫时，它们容易得意忘形，而白牙总是头脑清醒。它边跑边回头，抓住机会迅速回身，给跑在最前面的疯狂的追击者以迎头痛击。

小狗总要玩耍的。它们在这严酷的形势下通过模拟战争来满足它们玩耍的欲望。因此，追逐白牙便成了它们主要的游戏，而且是严肃认真的游戏，是你死我活的游戏。白牙跑得快，到哪儿去也不怕。在它眼巴巴地等待母亲归来的日子里，它常把狗群引到附近的树林里，让它们追它。但追着追着它就无影无踪了。它就和它的父母一样，迈着轻快的步伐，一声不响地在像阴影似的树林里跑着。听见狗群的叫声时，它知道它们仍在附近转悠。它和荒野的联系比狗群要密切得多，它比狗群更了解荒野的秘密。它惯用的伎俩就是泅水过河，然后悄悄躲在附近的树丛里，后面的狗就无法找到它，只好在它周围莫名其妙地叫。

白牙不屈不挠，因此狗恨它，人也恨它。它不断地遭受侵略，它自己也不断地发动战争。在这种形势下它发育得很快，但它的发育有些片面。这里不是充满仁慈与温情的地方，仁慈与温情与它毫不相干。它学来的生活准则是，服从强者，压迫弱者，灰狸子是神，是强者，因此，白牙服从他。比它小的狗是弱者，注定该死。它是沿着强权的方向发展。为了面对经常挨打甚至是覆灭的危险，它过分地培养了进攻和自卫的能力。它比别的狗动作更敏捷，腿脚更快，更狡猾，更凶狠，钢筋一样的肌肉使其体形更矫健，更具忍耐力，更残酷，也更聪慧。它必须如此，否则，在遭到攻击时它就无招架之力，在这充满敌意的环境里也就无法生存。

四 追随人的踪迹

到了秋天，白天渐渐变短，天气渐渐冷了，白牙看到自由的机会来了。村子里吵吵嚷嚷了好几天，夏季的帐篷拆除了，部族的人们正打点行装准备秋猎。白牙怀着急切的心情注视着这一切。当它看到帐篷被拆除，小划子被送到河边，它明白了。船出发了，有的已经走远了。

它想留下来，找机会逃回树林。这时小河已经开始结冰，白牙就在河边的一个地方躲起来，然后又偷着跑进一个茂密的灌木丛，在那里静静地等着。时间一分一分地过去，它断断续续地睡了好几个小时。它听见灰狸子在喊它，灰狸子的老婆和儿子米萨也在找它。

它吓得直打哆嗦，一时冲动，想从躲藏的地方爬出来，可是

在白牙的面孔、行为和本能冲动里，都还有野性的残余。（见 117 页）

它克制了自己。过了一会儿，听不见喊声了，又过了一会儿，它走出来，庆幸这次冒险成功了。天渐渐黑了，它在树林里玩了一会儿，陶醉在重新获得自由的喜悦之中。然而，突然间它感到很孤独。它坐下来琢磨着，树林里静悄悄，心里不是滋味。周围没有一点动静。也听不见一点声音，这大概不是好兆头。它意识到一种既看不见也琢磨不透的危险。它开始对周围高大的树和它们的阴影起了疑心，危险可能就藏在那里。

它觉得冷了。这里没有帐篷，它无法倚着温暖的帐篷躺着。地上的霜把它的脚冻得难受，它不停地轮换着抬起前腿。它把毛茸茸的尾巴弯过来盖住前脚，脑海里浮现出很多画面。它看见营寨、帐篷、熊熊的火苗；它听见了女人们的尖叫声、男人们粗暴的喊声和狗的叫声；它饿了，想起营寨里的人们喂给它的鱼和肉。这里没有肉，除了可怕的静寂之外什么也没有。

因为人的约束和对于人的依赖使它变得软弱，它忘记了如何适应环境，黑夜把它吞没了。它已经习惯于熙熙攘攘的营寨，习惯于营寨里的各种景象和声音。而现在，它无事可做，什么也听不见，什么也看不见。它竖起耳朵听，盼望能有什么动静来打破这寂寞。这死一般的静寂使它感到害怕，它预感到可怕的事即将发生。

突然，它吓了一跳。一个巨大无形的东西从它的视野里晃过去。那是一块云彩遮住了月亮，使树影消失。云彩过后，树影又出现了。它明白过来以后轻轻地呻吟一声，可立即又住了口，它怕由此而招来祸害。

一棵在寒冷中缩成一团的树在它头顶上突然啪地响了一下，它吓得惊叫一声。它慌了，不要命地朝营寨跑去。它渴望和人在一起，渴望人来保护它。它闻到了营寨里散发出来的烟火气味，听到了人们的言语声。它跑出树林，来到空地上。在那里，明亮的月光驱散了黑暗，但是它并没有看见营寨，它忘记了人们已经走了。

它突然停住脚步，现在无处可逃了。它在被人遗弃的营寨里神情沮丧地转来转去，鼻子里充满了垃圾和破布散发出来的气味。它心想，假若此时愤怒的印第安女人们用石头砸它、被惹恼的灰狸子用拳头打它，它一定会高兴的；若能在这里看见唇唇或听见胆小的狗群朝它汪汪叫，它一定会表示欢迎。它来到原来灰狸子帐篷所在的地方，坐在中间，仰望着月亮。突然，它的喉咙抽搐起来，张开嘴伤心地哭了，哭诉它的孤独和恐惧，哭诉它的悲痛和凄惨，哭诉它对母亲的思念以及对于危险的未来的担心。这是一阵真正的狼嗥，它放开嗓子，拉着长长的声调哭，惨惨凄凄，这是它有生以来第一次这样大哭。

白日的光明驱散了它的恐惧，但却使它感到更孤独。这光秃秃的土地，不久前还住着人，现在却是这样的孤寂。但它很快就拿定了主意。它一头钻进树林，沿着小河跑下去，跑了一整天也没有休息。它好像生来就有永远跑下去的本领，它铁铸般的身体不知疲倦。即使疲倦了，它那生就的忍耐力也鼓励它拖着疲倦的身体继续跑，继续前进。

小河在陡峭的悬崖处拐了弯，白牙从那里爬上高山。所有流入主河道的小河和小溪它都是蹚水或游泳过去的。它常常是踩着刚刚冻结的冰层，不止一次掉进冰冷的水里，又挣扎着爬上来。每次到了距离有人迹的地方比较近的时候，它总是特别小心，注意观察人的脚印。

虽然白牙比它的同类聪明，可是，它的脑海里从未浮现过麦肯兹河对岸的情景。如果人的脚印是通向河的对岸怎么办?它未曾想过这个。将来它走的路多了，有了更多的经验，对于人的足迹和河流有了更多的了解，它也许能领悟这个道理。那是将来的事了。现在它只是盲目地跑，只知道在河的这一边动脑筋。

它跑了一整夜，在黑暗中东奔西闯耽搁了很多时间，但它没有气馁。到了第二天中午，它已经跑了三十个小时，它那钢筋一般的肌肉也开始松弛了。只是因为它的忍耐力强，它才坚持跑下去。它已经四十个小时没有吃东西，饿得浑身没劲儿。一次又一次地掉进冰冷的河里，把它弄得很狼狈，一身漂亮的皮毛弄得又湿又脏。宽大的脚掌划破了，流着血。它的腿瘸了，瘸得越来越厉害。更糟糕的是，天黑了，开始飘起雪花，粘在身上的雪融化了，又湿又冷，脚底下又滑。眼前的地面被雪覆盖着，高低不平的地方分不清，走起路来很困难，而且脚很疼。

灰狸子原打算在麦肯兹河对岸扎营，因为它计划去那一带打猎。但是在河的这一边，天刚黑下来就有一只麋鹿到河边来喝水，恰好被灰狸子的老婆克鲁库奇看见。说起来，若不是麋鹿来喝水，若不是米萨因为下雪改变了航向，若不是克鲁库奇看见麋鹿，若不是灰狸子运气好，一枪就打死了它，白牙的命运肯定会是两样。灰狸子绝不会在麦肯兹河的这一边扎营，白牙也肯定会继续走它的路，或是半路死掉，或是重新回到它的荒野里的弟兄们身边，最终变成一只狼。

夜幕降临时，雪下得越来越大，白牙呻吟着一瘸一拐地往前走，突然在雪中发现一行刚踩过的脚印。它立即明白这是怎么回事。它哀叹一声，掉过头来沿着河岸就跑，钻进了树林。它听见从新营寨里传来的声音，它看见了火苗，克鲁库奇在做饭，灰狸子坐在地上，嘴里嚼着一块生油脂。营寨里有新鲜的肉吃！

白牙趴在地上，心想这回可要挨打了，想到这儿浑身的毛都立了起来。它向前走了几步。一想到等着它的是一顿揍，心里就怕。可是又一想，有了火，有了人的保护，有小狗们作伴，总还是很舒服的。伙伴虽然不太友好，但毕竟是伙伴，可以满足它交际的欲望。

它怀着恐惧的心情朝火光挪过去。灰狸子一眼看见了它，嚼着东西的嘴立时停下了。白牙战战兢兢地往前挪，卑躬屈膝的样子好像没有脸面再见主人。它朝着灰狸子一寸一寸地爬过去，速度越来越慢，越来越显得痛苦。最后它躺在主人的脚下，甘心情愿地投入主人的怀抱。它坐在火旁，听从主人的摆布，浑身颤抖着，等待主人的惩罚。忽然。一只手在它头上晃了一下，它随即缩成一团等着挨打，可是那只手并没有打它。它往上偷看了一眼，灰狸子正把他嘴里的那块油脂掰成两半，把一半递给它。它心里有点怀疑，先轻轻地闻了闻，然后一口咬住，叼在嘴里。灰狸子叫人再拿点肉来，而且还护着它不让别的狗靠近。吃完了肉，心满意足、感恩不尽的白牙便躺在主人脚下，眼睛盯着温暖的火苗，眨着眼皮打起盹来。明天它不必再到荒凉的树林里独自游荡，可以待在营寨里，和它所投靠的、再也离不开的人在一起。想到此，它感到心里很踏实。

五 契约

进入十二月，灰狸子带着米萨和克鲁库奇向麦肯兹河上游赶路程。他自己赶着一个雪橇，拉雪橇的狗有的是换来的，有的是借来的。米萨赶着一个小雪橇，由一群小狗拉着，跟做游戏似的。米萨很开心，因为他已经开始做大人的活了。他把狗套在雪橇上，学着大人赶狗驯狗，多少也能帮上一点忙，能拖二百磅的行装和食物。

白牙早就见过狗拉雪橇，当主人把挽具套在它身上时它也并不很反感。它的颈上戴着一个填得鼓鼓囊囊的脖套，由两根绳索和身上的皮带连在一起，皮带后边是一根长长的绳子系在雪橇上。

一共有七只狗拉雪橇。它们出生早，现在已有十来个月了，而白牙才八个月。每只狗用一根绳子拴在雪橇上，绳子的长短不一，两根绳子至少相差一只狗的长度。绳子系在雪橇前面的环上。雪橇本身不带滑铁，橇底的前端向上翘起，以免行走时橇头扎进雪里。这种结构可以把雪橇本身的重量及其载重均匀地分布在雪面上，因为雪是晶体粒状，很松软。考虑到力的均匀分布，狗在前进时像扇面一样散开，避免互相碰撞。

扇面队形还有一个好处。因为绳子的长度不同，后面的狗无法骚扰前面的狗。如果前面的狗要攻击后面的狗，它们非得回过头来不可，也就一定要面对着赶橇人手里的鞭子。最大的一个好处是，如果哪只狗想骚扰前面的狗，它就必须快跑快拉，而雪橇走得越快，被骚扰的狗也就跑得越快。因此，后面的狗总也追不上前面的狗。它跑多快，前面的狗也跑多快，雪橇也就跑多快。人就用这种巧妙的方法有效地操纵这些动物。

米萨和他的父亲一样，也很聪明。过去他曾见过唇唇迫害白牙，但那时唇唇是别人的狗，米萨最多也只是向它投一块石子而已。现在唇唇属于他了，他就把它放在最前面，用这个办法对它进行报复。这样，唇唇就成了带头狗。它觉得很风光，但实际上没有什么风光可言。从前它是狗群的头儿，现在所有的狗都恨它、迫害它。

因为它被放在最前面，其余的狗都看着它在前面跑。它们所看到的是它那毛茸茸的尾巴和总是奔跑的后腿——跟它颈上的鬃毛和闪亮的长牙相比，它的形象就不那么凶恶可怕了。狗群有了这样的印象以后，只要看见它在前面跑，它们就想追，而且总认为它是因为怕它们才拼命往前跑。

从开始到现在整整一天的时间，狗群一直在追逐唇唇。起初，它总想回过头来咬后面的狗，它认为，它们忌妒它的尊容，但米萨总是用那根三十多尺长的鹿肠鞭子抽它的脸，迫使它回过头去继续拉。它可以面对狗群，但它不敢面对皮鞭，因此，只得把绳子绷得紧紧的，在伙伴面前不住脚地跑。

这个印第安小伙子想出一个更狡猾的点子。为了让这只带头狗坚持跑下去，他特别优待它，这就引起别的狗的妒忌和愤恨。米萨当着它们的面给唇唇肉吃，而且只给它吃。这可把它们气疯了。唇唇在米萨的保护下贪婪地吃着肉，狗群急得乱蹦乱跳。肉吃完了，米萨不让别的狗靠近，让它们误以为他还在继续给唇唇肉吃。

白牙拉雪橇很认真。在屈服于人的统治的过程中，它比别的狗走过的路都多，同时它也懂得，违背人的意志是无用的。此外，就现在的情况来说，因为狗群的迫害使白牙对它们越来越疏远，对人越来越亲近。而且它现在已经把吉士忘得差不多了。它表达自己的唯一方式是对人——它的主人——尽忠。所以，它干起活来很卖力气，遵守纪律，百依百顺。可以看出，它干活儿时忠诚老实，心甘情愿。被驯化的狼和野狗都具有这些特质，而这些特质在白牙身上表现得更为突出。

在狗群和白牙之间也存在某种关系，不过那是战争和敌视的关系。它和它们从来玩不到一起，只知道和它们斗，以百倍的凶狠撕咬它们，报复唇唇当头儿时它们对它的迫害。现在唇唇不是头儿了，只是在拉雪橇时跑在同伴的前头而已。在营寨里，它总是紧靠着米萨或者灰狸子或者克鲁库奇待着。它不敢离开他们一步，现在它遭受着白牙曾经遭受过的迫害。

唇唇被推翻以后，本来白牙可以当狗群的头儿。可是它的脾气不好，而且很孤僻，它不是咬伙伴就是不理睬它们，它一来它们就躲开，最厉害的狗也不敢从它嘴里抢食吃。相反，它们吃东西时总是狼吞虎咽地快吃，恐怕被它抢走。白牙很了解这个生活准则：软的欺侮硬的怕。它总是尽快把自己的那份吃完，然后没吃完的那些狗就倒霉了！白牙一声叫，一龇牙，把肉抢过来就吃，被抢的狗只得对着爱莫能助的星星倾诉它的愤怒。

偶尔狗也奋起反抗，但立即就被镇压下去。白牙就这样日复一日地坚持着。它很珍惜它的独特地位，而且常常需要进行战斗来保持这个地位，但战斗往往是短暂的。它的动作非常之快，每每狗群已经被咬得皮开肉绽、鲜血淋漓，它们还不知道是怎么回事，经常是还来不及反抗就已经败北。

主人为拉雪橇的狗规定了严格的纪律，白牙给它的伙伴也规定了同样严格的纪律。它不允许它们有任何自由。它迫使它们永远尊敬它。它们自己在一起时可以随便，它管不着。但是，不许它们干扰它。它走过来时它们必须让路，必须永远承认它的绝对权威，否则它就不答应。假如哪只狗在它面前绷着腿走路，或者翻唇露齿，或者毛发欲立，它就不客气。立即就给它们点颜色瞧瞧。

它是一个魔鬼似的暴君，权威坚如钢铁，欺侮弱者毫不留情。它小时候孤儿寡母在荒野里恶劣环境中为生存而垂死挣扎的情景，它是不会忘记的。当强者从它身边走过时它自己小心翼翼的样子，它也不会忘记的。它欺侮弱者，但它尊重强者。在跟随灰狸子长途跋涉的过程中，每次经过营寨看见大狗时，它总是蹑手蹑脚地走过去。

几个月已经过去了，灰狸子仍然在路上奔波着。在旅途上长时间的奔跑和拉雪橇时的艰辛使白牙长了力气，应该说它的智力也已发育健全，使它对周围的世界有了相当深刻的了解。它所看到的世界是荒凉的，而且利欲熏心，残酷无情，没有温暖，没有柔情，也没有精神的光明和甜蜜。

它对灰狸子没有感情。不错，灰狸子是人，但他是一个非常野蛮的人。白牙愿意承认他的统治，可是他的统治是以高级的智慧和野蛮的体力作后盾的。在白牙的心里也有一种当统治者的欲望，不然它就不会从荒野里回来向灰狸子献忠诚。在白牙的本性里还有一个未经探测的大海，只要灰狸子说句好听的话，伸手抚摸一下它的后背，他本可以探测出大海的深度，可是灰狸子既不抚摸它，也不说一句好听的话，他不是那种人。他性格里占主导地位的是残酷，他残酷地进行统治，用大棒维持正义，谁违犯了规矩就痛打一顿，谁表现好就免遭棍棒，仅此而已。没有什么特别的优待。

所以，白牙不相信人的手会给它带来什么好处。它不喜欢人的手，它对人的手有疑心。的确，人的手有时递给它肉吃，但人经常用手打它，应该躲开手远远的。他们可以砍石头，挥舞木棒和鞭子，他们可以打它，拧它，揪它。在一些生疏的村庄里，它领教过一些小孩的手，他们打它的时候很疼。还有一次，它的眼珠子差一点被一个刚会走路的印第安婴儿给挖出来。因为这些事情，它对小孩子不信任，它不能容忍他们。只要他们甩着可疑的小手走过来，它就躲开。

一次，在大奴湖附近的一个村子里，有一个人的手触怒了它，于是，它违反了从灰狸子那里学来的生活法则，换言之，它犯了弥天大罪——它咬了人。在这个村子里，白牙和各地的狗一样自己去找食物。一个小男孩正用斧头砍冻鹿肉，肉渣儿溅在周围的雪里。白牙正好从那儿路过，便停下来捡肉渣儿吃。它看见小孩放下斧头，操起一根大木棒。白牙赶紧跳开，没有打着。小孩追它，因为地方生疏，它一下跑到两个帐篷中间，后面是一个高高的土堆。

白牙无处可逃，唯一的出口已被小孩堵住了。小孩手握木棒，一步步向走投无路的白牙逼近。白牙火了，它面对着小男孩，怒发冲冠，大嗥一声；它的正义感被冒犯了。白牙是懂得觅食的规矩的。凡是人们扔掉的肉，如冻肉渣儿之类，谁看见就归谁。它既没犯错，也没违法，然而，这个男孩子非要打它不可。白牙一怒之下，连它自己也不知道是怎么回事，就把男孩撞倒了，男孩也不知道，他只知道自己莫名其妙地躺在雪地里，握着木棒的手被白牙咬开了花。

白牙知道它违反了人的法律。它用牙咬了人神圣的肉，没别的好说，等着一顿严厉的制裁吧。白牙回到灰狸子那里。被咬伤的男孩和他的家里人来报仇时，白牙就卧在灰狸子的身后，期望得到保护。最终那些人仇没报成就走了。灰狸子保护了它，米萨和克鲁库奇也保护了它。白牙听着他们唇枪舌剑地吵闹，看着他们生气的样子，便知道他们认为它的行为无可非议。由此它认识到人有不同。有的是他的人，有的是别的人，二者不同。只要是来自自己人的，它都接受，正义的也罢，非正义的也罢。但如果是来自别人的非正义的东西，它不能接受。它有权以牙相拒。这也是人间的法则。

那天晚些时候，白牙对这一法则有了更深的了解。米萨在树林里捡劈柴时碰上了那个挨咬的男孩，当时还有好几个孩子和他在一起。双方吵起来了，他们动手打了米萨，米萨招架不住，拳头像雨点似的落在他身上。白牙开始只是旁观，它想这是人与人之间的事，与它无关。后来它意识到挨打的是米萨，是它自己的人。白牙未假思索就行动了。它愤怒地纵身一跃，蹿进了正在厮打的人群里。五分钟后只见小男孩们东逃西窜，好几个人身上滴着血，染红了地上的雪，这说明白牙的利齿没有白长，米萨在营寨里讲了这件事，灰狸子命令拿肉来，多拿点。白牙吃饱了之后，睡眼朦胧地卧在灶旁，它的这条法则得到了证明。

根据这些经验，白牙懂得了财产的法则和为保卫财产应尽的责任。从保卫主人的身体到保卫主人的财产是一个进步，白牙取得了这一进步。凡是属于主人的东西它都要保卫，甚至不惜咬伤别的人。这种行为就其本质来说是对人的不敬，而且充满了危险。人是万能的，狗不是他们的对手，然而，白牙却不怕他们，敢于和他们挑战。它的责任感战胜了恐惧感，因此，小偷们都不敢偷灰狸子的东西。

很快白牙又懂得了与此有关的一个道理：小偷通常都是胆小鬼，一吓唬就跑。它还注意到，只要它叫一声，灰狸子立即就来帮它，而且，小偷逃跑不是因为害怕它，而是因为害怕灰狸子，白牙通常不是用叫声来警告小偷，它从来不汪汪叫。它母亲的方法是见了入侵者就直冲过去，能咬就咬，因为它的脾气暴躁孤僻，又不跟别的狗交往，特别适合担任保卫主人财产的角色，灰狸子鼓励它，训练它。从此，白牙变得更凶恶、更勇猛，也更孤僻。

随着时间的流逝，白牙和灰狸子之间的关系越来越密切。自古第一只狼从荒野来到人间时就与人建立了这种关系。跟别的狼和野狗一样，白牙主动地这样做了，条件很简单，为了使自己隶属于人，它失去了自由，它得到的是食物和火的温暖，以及主人的相伴和保护。为了回报主人，它保卫主人的安全和财产，服从主人，给主人干活。

有了主人就意味着要侍候主人。白牙侍候主人的方式就是为主人干活，对主人表示敬畏，而不是表示爱，它不懂得什么是爱，它也没有爱的经验，它现在对吉士的印象已经淡薄了。它跟主人的关系已经到了难舍难分的地步，即使它再看见吉士，也不会离开主人随它而去。看来它对主人的忠诚已经超过了它对于自由、同类和亲属的爱。

六 饥荒

灰狸子的旅行结束时已经是春天了。那是四月，白牙正好一岁。进了村以后，米萨把白牙从雪橇上卸下来。虽然它还远远没有成年，可是在村子里除了唇唇之外它是身材最大的小狗。它从狼爸爸和吉士那里继承了它们的身材和力量，而且已经长得和大狗相差不多，只是还不够结实，身子瘦长，体力不足。它的毛皮是真正的狼灰色，怎么看都是一只地地道道的狼。从吉士身上继承来的四分之一的狗血统虽然在它的性格里起着作用，但从外表却看不出来。

它在村里到处转悠，看见那些过去认识的人现在还认得出来心里很高兴。还有那些大狗以及和它一起长大的小狗。这些大狗不像从前那么大了，也不像从前那么可怕。它自己也不像从前那么害怕它们。它在它们当中大摇大摆地踱来踱去，很新奇，很开心。

还有那个老白毛巴西克，从前它只要一龇牙就能把白牙吓趴下。过去，与巴西克相比，它简直是一个不足挂齿的小卒。现在从巴西克身上它看到了自己的变化和成长。巴西克老了，一天不如一天，而白牙正是青春年少，蒸蒸日上。

在分吃刚打死的麋鹿时，白牙看出了它和狗群之间的关系产生了变化。它自己得到一只蹄子和一条带很多肉的腿骨。它刚从挤成一团的狗群里钻出来，躲在一个小灌木丛的后面，开始吞食它的战利品时，巴西克过来了。它猛地咬了巴西克两口，立即又跳开。白牙竟敢如此放肆，而且动作如此敏捷，这使巴西克大吃一惊。它站在那儿，眼睛直勾勾地瞪着白牙，那条血淋淋的鹿腿就在它们中间放着。

巴西克老了，它发现过去那些被它欺负的狗，现在变得厉害了。它只好忍气吞声，绞尽脑汁来应付这些使它感到尴尬的场

面。在从前，它会义愤填膺地朝白牙扑过去，但现在力不从心
了。它恶狠狠地竖起颈上的鬃毛，隔着那条鹿腿阴森森地瞪着白
牙。白牙和从前一样，吓得缩成一团，心里盘算着，怎样才能逃
脱而又不失尊严。

　　就在这个关键时刻，巴西克犯了错误。假如它继续恶狠狠
地瞪着白牙，准备逃跑的白牙也就跑了，把肉留给它。可是巴西
克等不及了。它以为它胜了，一步蹿到鹿腿跟前。它正大模大样
地低着头闻鹿肉时，白牙火了。即使如此，巴西克要想维持优势
还为时不晚。它只须站在鹿肉旁边，瞪着白牙，白牙迟早会逃跑
的。可是新鲜的鹿肉对它的诱惑力太大，它迫不及待地咬了一
口。

　　这对白牙来说是不能容忍的。刚刚在狗群当中建立起权威的
白牙，绝不能坐视巴西克抢吃属于它的鹿肉。它没有声张就动手
了，这是它惯用的方法。第一口就把巴西克的右耳朵撕裂了，其
速度之快使巴西克感到惊愕不已。可是更令其伤心的事以同样的
速度接踵而来。它被摔在地上，脖子挨了一口。它正要挣扎着站
起来，肩膀上又挨了两口，闪电般的速度把它弄得晕头转向。它
向白牙反扑，但无济于事，只咬了一口空气。紧接着它的鼻子被
咬开了，摇摇晃晃往后退了好几步。

　　现在的形势与刚才正相反，白牙站在鹿腿旁边，不可一世，
巴西克躲在一旁，正准备逃跑。它不敢再与这快如闪电的年轻的
家伙交锋，它意识到自己已经老迈，江河日下，想到此它很难
过。不过，从它为保持自己的尊严所采取的举动，可以看出它仍

不失英雄本色。它不慌不忙地转过身，好像对白牙和鹿肉都不屑一顾，大大方方地走开了，直到走到白牙看不见的地方才开始用舌头舔它流血的伤口。

这次战斗的胜利使白牙更加自信，更加自豪。它在大狗当中不再像从前那样蹑手蹑脚，它对它们不再采取迁就的态度。现在不是它惹是生非了，而是别的狗来到它面前时倒是需要好好考虑考虑。它有权要求自己的行动不受干扰，不再给别的狗让路。一句话，现在谁都不敢忽视它，谁都不敢小看它。现在它和它的伙伴们不同了，它们得给大狗让路，有了肉得先给大狗吃。但是独来独往、性情暴烈的白牙走路时很少左顾右盼，一副冷酷无情的样子，令伙伴们望而生畏。它现在竟然敢与大狗平起平坐，这实在叫它们感到迷惑不解。但它们很快就看出来，最好躲它远远的，既不敌视它，也不向它讨好。它们不惹它，它也别惹它们。经过几次较量以后，它们认识到，能与它保持这样的关系再好不过了。

那年夏天，白牙又遇上一件事。它和猎人们出猎期间，村子边上搭起一个新帐篷。它正迈着轻捷的步伐看帐篷时，忽然迎面撞上了吉士。它停住脚步直看它。它模模糊糊地还记得它，是的，它确确实实还记得它，但是，吉士却并不记得它。吉士嘴唇一缩，露出牙齿，长嗥一声威吓它。白牙记起来了。被忘却的幼年时代的情景，与这耳熟的嗥声相联系的往事又重新出现在它的记忆中。在它还没有结识那些印第安人之前，吉士对于它就是宇宙的中心。幼年时代那种熟悉的感情又复生了，冲荡着它的心。

它兴高采烈地朝吉士跑过去，可吉士却照它的面颊狠狠地咬了一口，直咬到骨头。它不明白这是为什么。它退了下来，心中迷惑不解。

但这不是吉士的过错。一般来讲，小狼离开母狼超过一年就会被遗忘的，所以它不记得白牙。白牙是从外面闯进来的一个陌生的家伙。吉士现在又有了一窝新的狗崽，当陌生的动物闯来时，它不高兴是很自然的。

有一个小狗崽朝白牙爬过来。它们本是同母兄弟，只是它们不知道罢了。白牙好奇地闻闻小家伙，吉士跑上来朝它的脸上又咬一口。它急忙往后退了几步。所有童年时代的记忆和联想又消失了。它看着吉士用舌头舔小狗，不时抬起头来冲它嗥叫。吉士对它已经没有意义，它已经习惯于没有母亲的生活，母亲对儿女的意义它已经忘记。现在它容不下吉士，就跟吉士容不下它一样。

它还傻乎乎地在那里站着，心里琢磨为什么吉士再次攻击它，非要把它从这块地方撵出去不可。白牙没办法，只好如此。吉士是它同类当中的一个雌性。它的同类有一条法律，雄性不与雌性斗。它并不了解这条法律，因为这不是心灵的总结，也不是从生活中得出的经验，这是一种神秘的规谏，本能的劝诫，这本能与它在深夜里冲着星月嗥叫同出一辙，与它惧怕陌生和死亡的本能道理相同。

随着年龄的增长，白牙越来越强壮，越来越敦实，越来越矫健，它的性格变化既有遗传的因素又有环境的影响，它的遗传因素是一种和泥土类似的生命材料，可塑性很强，能够塑成很多不同的形状。环境能帮助塑造泥土，将其塑成一种特定的形状。假如白牙没有来到人间，荒野会把它塑造成一只真正的狼。但是人为它提供了迥然不同的环境，它就被塑造成一只具有狼性的狗。尽管它具有狼性，它毕竟还是狗，而不是狼。

因此，由于它这种类似泥土的本性和环境的压力，使它形成了一种特定的性格。这是不可避免的。白牙变得越来越暴躁，越来越孤僻，越来越凶恶。当别的狗认为最好是与它保持和平共处、避免战争的时候，灰狸子则越发无度地奖励它。

白牙的力气与日俱增，但它有一个克服不了的弱点，它经不起人们笑它。它觉得人们的笑声很可恨。人们互相之间可以随便笑，只要不是笑它，它就不在意。但若有人朝着它笑，它就会气急败坏地发作。本来是一副庄严阴郁的面孔，一阵笑声就能使它发狂，然后，它一连几个小时就像魔鬼似的心烦意乱、怒不可遏。如果这时哪只狗惹了它，那就倒霉了。有一条法律它很清楚，它不能拿灰狸子撒气，因为灰狸子有棍棒和神威，而狗除了身后的一块空地之外什么也没有。当白牙被笑声搅得发疯朝狗群跑来时，它们就向那块空地逃窜。

白牙快满三岁时，麦肯兹河流域闹了一次饥荒。夏季无鱼可捕，冬季无驯鹿可猎，麋鹿也很少，兔子几乎绝了迹。捕猎动物和食肉动物饿死了。食物断了来源，饥饿体弱，因此出现了同类相食的现象。只有强者生存下来。白牙的主人们也是捕猎动物，他们中的老弱病残者饿死了，村子里哭声此起彼伏。妇女和孩子们忍饥挨饿，把仅有的一点食物留给瘦得皮包骨头的男人，因为他们得到树林里去打猎。

人到了这个地步连皮鞋和皮手套都吃了，狗连身上的挽具和鞭子都吃了。狗吃狗、人吃狗的现象也出现了。首先是吃那些最衰弱、最无用的，活着的狗看到这种情形心里都明白。那些勇敢的、有心计的狗离开荒凉不堪的村子，逃到树林里，但最终也逃不脱饿死或被狼吃掉的命运。

在这凄惨的日子里，白牙也偷着跑到树林里。它比别的狗能适应那里的生活，因为它的幼年时代就是在那里度过的。它特别善于偷袭小动物，可以在隐蔽处一连待几个小时，盯着胆小的松鼠的一举一动，耐心地等待，比挨饿时的耐性还大，直到松鼠大着胆子从树上爬到地上，可白牙还是不慌不忙，一直等到松鼠再也逃不回去的时候为止。那时，它才从隐蔽处蹿出来，像一枚灰色的火箭，速度快得难以置信，总能准确地击中目标。慌忙逃跑的松鼠再快也没有它跑得快。

它虽然捕食松鼠有办法，但它不能完全依靠松鼠生活，因为树林里没有那么多松鼠。它还得捉更小的动物。有时饿得实在太难受，它连生活在地下的木鼠也刨出来吃。有时它顾不得自己的身份，竟然和一样饥饿、甚至是更加凶猛的黄鼠狼争斗。

当饥荒达到难以忍受的程度，白牙又偷偷回到了主人那里。但它没有回到主人的帐篷里，它躲在树林里，不叫人发现，偷吃被圈套捉住的猎物。有一次灰狸子跌跌撞撞地在树林里走时，因为体弱气短而不时地坐在地上休息，白牙趁机把他套住的一只兔子也偷走了。

有一天，白牙碰见一只年轻的狼，饿得骨瘦如柴，浑身的关节松松垮垮好像错了位。若不是白牙自己也在挨饿，它很可能就跟着狼走了，回到荒野里的兄弟们当中去。然而，它追上小狼之后一口把它咬死吃了。

它好像总是走运，每次它饿得难忍时总能找到可杀可吃的东西。在它体弱无力时，那些大的食肉动物总碰不上它。有一回，一群饿狼拼命追它，可巧那两天它正好有劲儿，它刚吃了一只大山猫。那回狼群追得很凶，但因为它比狼群吃的营养好，最终还是把它们甩在后面。它不仅把狼群甩在后面，还兜了一个大圈子，绕到它们身后，把一只累垮了的狼收拾了。

自那以后，它就离开了那块地方，回到它的出生地河谷一带。在那里它与吉士不期而遇。吉士也是偷着从不甚好客的主人家里跑出来，回到它的老巢生孩子。白牙到来时，一窝小狗只剩下一只，而且这一只也注定是个短命。灾荒之年小生命总是难以活下来的。

吉士对自己已经长大成年的儿子并未表示任何母子之情，可白牙也并不在乎。它长得比妈妈还高大。那好吧，没什么。于是，它转过身去沿着小河走了。在小河的岔口它向左拐了，就是当年它和妈妈发现大山猫并与之搏斗的地方。它停下来，在原来大山猫的那个窝里休息了一天。

到了夏初，饥荒已经接近尾声时，白牙遇上了唇唇。唇唇也来到树林，在那里艰苦度日。白牙没想到会在这里碰上它。它们沿着峭壁从相反的方向迎面跑来，绕过一块大石头之后，撞到一起。它们立即停住脚步，双方都很警惕，用怀疑的眼神盯着对方。

白牙的情况很好，猎情不错，整整一个星期它每天都吃得很饱，最后一顿甚至吃撑了。此时它盯着唇唇，背上的毛根根直立，这是一种本能反应。过去唇唇欺负它迫害它时，因为心里害怕，背上的毛就情不自禁地立起来。现在还是这样，条件反射。这次白牙干得干净利落。唇唇想逃跑，白牙猛扑过去，用肩膀将其撞倒在地上，一口咬住它干瘪的喉咙。这是一场殊死的战斗。白牙神气十足地望着躺在地上的唇唇，绕着它转了好几圈，然后沿着峭壁走了。

几天之后，它来到树林的边上，那里有一个土坡直通麦肯兹河。它从前来过这里，那时这里是一块空地，现在是一个小村。它躲在树林里研究这个新情况。景色、声音和气味都很熟悉。噢，这是它原来所在的村子搬到这里来了。但这景色、声音、气味和它逃跑时不太一样。既没有呻吟也没有哭泣，它所听到的都是心满意足的声音。它听到一个女人发怒的叫嚷，它听得出那是填饱肚皮以后才能发出来的声音，同时空气里散发着炖鱼的香味。他们有饭吃了，灾荒过去了。它从树林里走出来，直奔灰狸子的帐篷跑去。灰狸子不在家，克鲁库奇兴高采烈地欢迎了它，还喂它一条新提来的大鱼。然后，它躺下了，等待灰狸子回来。

第四章 高等的神

一 同类的仇敌

如果说在白牙的本性里还存在着与同类友善的可能性（即使很小）的话，那么自从它当了雪橇队长那天起，这种可能性就不存在了。现在狗群恨它，因为它总从米萨那里得到额外的肉吃，不断受到主人的偏爱（有时是它们多疑），还因为它总是跑在前面，撅着屁股，摇着尾巴，真难看。

白牙也恨它们。当雪橇队长绝不是什么好差使。被迫带领一群汪汪乱叫的狗整整跑了三年（当然，它已经征服了它们），真受不了。受不了也得受，不然它就得完蛋，而它又不想完蛋。只要米萨一声令下，狗群就发疯似的在它身后乱叫乱蹿。

它得不到保护，只要一回头，米萨的鞭子就朝它的脸上抽过来。它只得不停地往前跑。只用尾巴和屁股是无法对付狗群的，对付不了它们无情的牙齿。怎么办呢? 只好往前跑吧，从早到晚不住脚地跑，什么本性，什么尊严，都顾不上了。

违背自己的本性就意味着伤害自己。比如身上的毛是从身体往外长，如果使其反过来往身体里面长，就会感到切肤之痛。现在白牙就是这样。就它的本性而言，它的每一根神经都敦促它向身后乱嚷乱叫的狗群杀回马枪，但是主人不允许它这样做。主人有一根用驯鹿肠子做成的三十尺长的鞭子，以保证他的意志得以贯彻。所以，白牙只得忍气吞声。然而，它却逐渐养成了一种与其凶猛强悍的本性相一致的性格——仇恨和敌视。

假如世界上只有一个动物是它同类的仇敌，这个动物就是白牙。它既不乞求怜悯，也不怜悯别的动物。它不断被别的狗咬伤，也不断在它们身上留下它的牙痕。它和大多数雪橇队长不同。每当到了新的营地，狗群从雪橇上卸下来，别的狗队长为了求得保护就趴在主人的身边，而白牙蔑视这样的保护。它在营地里无所畏惧地走来走去，白天受了委屈夜里报仇。它没当队长以前，别的狗见了它都躲着走，现在不同了。狗群在它身后追着它跑了一天，它那拼命飞跑的样子在它们脑海里留下一个逃跑者的形象，因此，它们有一种居高临下的感觉，怎么会向它屈服呢? 现在它每来到狗群中间，总要有一场争吵。它每前进一步都要伴随着嗥叫和撕咬。就连他呼吸的空气也充满仇恨和敌意，这就更增加了它内心的仇恨和敌意。

当米萨吆喝狗群停止时，白牙立即住脚。一开始，这给别的狗找了麻烦。所有的狗都朝可恨的队长冲过去，反倒把它们自己摆在挨打的地位。白牙身后坐着米萨，手里摇着长鞭啪啪作响。所以狗群悟出一个道理，当主人命令停止时，最好不要碰白牙。但是，如果主人没有命令而白牙自行停止，它们则可以对它进行攻击，甚至可以毁了它。有了几次教训，白牙再不敢擅自停步了。它很快就明白了。事情就是这样，如果它要在这极其严酷的环境里生存下来，它就必须懂得接受教训。

可是，狗群还没有吸取教训——即在营寨里不要惹白牙。它们每天总是满不在乎地追着它叫，忘记了前一天夜里的教训。所以，到了晚上，就得再挨一顿教训，然后立即又忘掉。再有，它们始终不喜欢它。它们觉得，它与它们不是同一类，仅此一点就足以引起它们对它的敌视。它们和它一样，也是被驯化的狼。可是，那是很久以前的事了，它们身上的野性早已不见了。所以，野性对于它们是陌生的，是可怕的，是一种威胁，是好战的表现。在白牙身上，不论是它的面孔和行为，还是在它本能的冲动里，都还有野性的残余，它是野性的象征和化身。所以，当狗群张开嘴进行反击时，它们实际上是面对着隐藏在树林阴影里和营寨周围的黑暗里的毁灭力量进行自卫。

但是，有一个教训狗群确实吸取了，即，它们必须团结。白牙太可怕了，任何一只狗要想单枪匹马对付它是不行的。它们必须成群结伙地对付它，不然它会在一个夜里一个一个地把它们统统咬死。事实上，它得不到这样的机会。它能够把一只狗打倒在地，但还没等它下毒手，别的狗就都赶来了。只要有一点冲突的苗头，狗群就一齐拥上来，共同对付它。狗群内部也有争吵，但当它们和白牙有了矛盾时就把内部矛盾忘了。

话又说回来，尽管它们很想杀死白牙，但它们杀不了它。它太快、太狡猾、太难对付。它们快要把它包围起来时，它总能设法冲出去。至于要把它摔倒，狗群里还没有一只狗有这个本事。它站在地上坚不可摧，就像它的生命力坚韧不拔一样。可以这样说，在与狗群永无休止的战争中，生命和"站稳脚跟"是同义词。关于这一点，白牙心里最清楚。

因此，它成了同类的仇敌，而它的同类正是被人驯化、软化的狼，在人的卵翼之下弱化的狼。白牙对它们怀恨在心，与它们势不两立。它就是用这样的"泥土"塑成的。它发誓要与狗群长期斗争下去，它不折不扣地遵守它的誓言，就连凶狠野蛮的灰狸子也不得不对白牙的凶猛表示惊叹。他说，从来没有见过像白牙这样的动物，远近各村的印第安人想到白牙咬死他们的狗的情况，也都这样说。

白牙快五岁时，灰狸子又带着它作了一次长途跋涉。沿麦肯兹河、落基山脉，到波丘派恩河、育空河一带各村的狗被它打得落花流水。这些故事久久留在人们的记忆中。能对同类进行这样的报复使它感到欣慰。这些狗都是些平庸之辈，对它的速度和直截了当的打击，对它的不宣而战的战术毫无办法。它们还不了解它是一个闪电杀手。当它们立起鬃毛、绷着腿向它挑战时，它可是闲话少叙，言归正传，像钢丝弹簧一样腾地跳起，一口咬住喉咙，对方还没明白过来，就已经一命呜呼了。

它成了一个打架的行家里手。它懂得如何节省体力，从不和对手扭在一起厮打。它瞄准对方，立即下手，咬不着就赶紧退。狼厌恶近战搏斗，这种厌恶的情绪在它身上表现得特别明显。长时间身子贴着身子和别的狗滚在一起，它受不了。它觉得那样危险，那会使它发疯的。它不能将自己的身体挨着活的东西。它必须与其脱开，单独站在一边。这还是野性在它身上的一种顽强表现。它因为从小过惯了孤立的生活，这种感觉很突出。身体互相接触时隐藏着危险，就和陷阱一样。它的内心、它的每一根神经都感到恐惧。

说到底，陌生的狗对付不了它，它们咬不着它。它咬了它们也好，或是闪开也好，它们无论如何碰不着它。但也有特殊情况。有时几只狗一齐上来，还没等它跑开就惩罚了它，也有时一只单个的狗深深地咬它一口。这只是偶尔的事。在大多数情况下，像它这种能咬善战的狗是伤不着的。

它占有的另外一个优势，是能准确地判断时间和距离。然而，这都不是有意识的，它无须进行计算，这是本能的行为。它的视觉很好，看到的影像通过神经系统准确地传达到大脑。它身体的各个部位比一般的狗要灵活，神经、心理和肌肉的配合更默契。当它的眼睛把一个动态传到大脑时，大脑不需进行计算，就能判断这个动态所需的空间和时间。这样，狗向它进攻时，它可以及时闪开，同时，它能抓住这一刹那进行反击。它的脑体结合，构成一个更为完善的机制。这倒并不值得赞扬，只是大自然对它比对别的狗更慷慨罢了。

白牙到达育空堡时已是夏天。去年冬末灰狸子就越过麦肯兹河和育空河的分水岭，整个春天都在落基山西侧一带打猎。波丘派恩河冰雪融化之后，他做了一个小划子，沿河直下，划到北极圈附近与育空河的汇合处。这里是古老的哈德逊湾公司古堡的所在地，有很多印第安人，有大量的食物和从未见过的激动人心的场面。那是1898年，正值成千上万的淘金者沿育空河而上，奔赴道森县和克朗代克河一带。那里距目的地仍有几百英里，然而，很多人已经在路上走了一年，到目前为止，他们至少也走了五千英里，其中有些人是从世界的另一端走来的。

灰狸子在这里停下来。他听说过关于淘金热的事，他带来了好几包兽皮和一包用肠线缝制的皮手套和皮鞋。他若不是为了赚大钱，不会冒险跑这么长的路程。他所梦想的利润与他实际上所赚的利润相比真是微不足道。他最大胆的设想也没有超过百分之百的利润，实际上他得到的利润是百分之一千。他是个道地的印第安人，决心在此地待下来做买卖，精打细算慢慢来，即使在这里待上一个夏天和半个冬天，也要把带来的货全抛出去。

在育空堡，白牙第一次见到白人。和它所认识的印第安人相比，他们是另一种人，是高级的人，具有更强大的力量，正是这力量使他们成为神奇的人。白人"具有更强大的力量"，白牙并不是经过思考才得出这个十分明确的结论。那只不过是它的感觉而已，可是这个感觉很有说服力。小的时候，当它看见人支起高大的帐篷，它知道那是人的力量的表现，现在当它看见用巨大的圆木搭起的房子和这个大城堡，它认识到一个同样的道理——这里存在着力量，白人是强者。和它从前所认识的人（在他们中灰狸子是最强者）比较，他们具有更大的左右事物的本领。和这些白皮肤的人相比，灰狸子不过是个小雏而已。

说实在的，白牙只是有这种感觉，但这种感觉不是有意识的。然而。动物就是凭感觉来决定行动，而不是凭思想。现在，白牙所采取的每一个行动都是基于这样的感觉，即白人是高级的人。开始，它对他们持怀疑态度，很难预料他们会对它做出什么可怕的事情来，也难说他们会如何伤害它。它好奇地观察他们，但又害怕被他们看见。头几个小时它围着他们转，站在远处看，倒也平安无事。后来发现到他们跟前去的狗并没有受到伤害，它也凑上去了。

这回反过来了，它反而引起了人们的好奇。它那副狼相立即引起了他们的注意，都用手指着它招呼别人看。看见他们冲它指手画脚，它提高了警惕。他们走近时，它吓唬他们一下就跑，谁也没摸着它。其实，没摸着它反倒好。

白牙很快了解到，这些人当中本地人很少，最多有十一二个。每隔两三天河里就开来一条汽船（这又证明他们有力量），在岸边停泊一阵子。白人从汽船上下来，再坐汽船离开，好像有无数的白人来来往往。第一天它所看见的白人比它一生中所看见的印第安人还多。日复一日，天天如此，他们乘船沿河而来，停一停，又乘船顺河而上，直到消失在远方。

如果说白人是有力量的人，他们的狗可不怎么样。白牙和随船而来的狗打了几次交道之后就看出来了。它们的样子和个头都很特别。腿短的特别短，腿长的特别长。身上长的不是真正的毛，而是绒毛，有几只身上几乎没长毛，而且没有一个会搏斗。

作为它的同类的敌人，同它们打仗是它的天职。仗是打了，但它十分看不起它们。它们软弱无能，笨手笨脚，只会乱叫。它打仗靠的是灵活和计谋；它们则是死拼力气，大嚷大叫向它冲，它侧身一闪就躲开了。它们还未看清它跳到何处，它已经开始反击了，咬它们的肩膀，把它们摔在地上，然后直取它们的脖颈。

有时它第一口就咬中了，被咬伤的狗在地上打滚。在一旁等待的印第安狗群一拥而上，连踩带咬把伤狗撕得粉碎。白牙很聪明。它早就看出来，狗被咬死以后，主人非常生气。白人也是如此。每当它把狗摔倒，咬开喉咙，然后退出来，让印第安狗群来收拾残局时，它心里美滋滋的。这时白人一齐跑上来，愤怒地用石头、棍棒、斧子以及各种各样的武器朝狗群砍来，白牙则逍遥法外，站在一旁看热闹。它非常聪明。

它的伙伴们也学聪明了：它们知道，汽船靠岸之时是它们开心之日。刚下船的头两三只狗被咬死以后，白人就把他们的狗轰回船上，然后施暴于来犯者。一个白人亲眼看见他的长毛猎犬被咬死，随手掏出手枪，啪啪啪开了六枪，六只狗应声倒下。这又是他们有力量的表现，这件事深深刻在白牙的脑海里。

白牙很开心。开始时它杀白人的狗是为了消遣，后来就变成了它的职业。灰狸子忙着做买卖赚钱，白牙无事可做，所以就整天和那些声名狼藉的印第安狗群在码头上混，专等汽船到来。汽船一到就有好戏看。片刻之后，等白人清醒过来时，狗群早就跑光了。下一条船到来时，它们接着找乐。

　　但是这并不等于白牙已经变成狗群的一员了。它不跟它们混杂在一起，它总是很清高，单独躲在一边。它和它们合作，这倒是真的。它上前与外来狗搭腔时，狗群站在一旁等着。它把外来狗摔倒以后，它们上来收拾残局，然后它就退出来，让它们去接受气急败坏的白人的惩罚，这也是真的。

　　和外来狗发生争吵并不是很费力。外来狗上岸以后，它只要一露面就行了。它们一看见它立即就朝它冲过来，那是它们的本能。因为它来自荒野，来自陌生、可怕而又具有威胁性的地方。它们自己本来也是来自荒野，并背叛了荒野，但是，当它们卧在人类点燃的火堆旁边、重新培养它们的本能时，它们反而对荒野感到惧怕了。代代相传，它们对荒野的恐惧感已经深深地印在灵魂里。多少世纪以来，荒野对它们意味着恐怖和毁灭。它们从主人那里得到了许可证，可以随意杀死来自荒野的生灵。这样既保护它们自己，也保护与它们形影不离的主人。

　　所以，当这些来自温暖南国之乡的狗踏着跳板上了育空河岸时，迎面碰上白牙，便被无法克制的冲动所驱使，直奔着它冲过来，妄想一口咬死它。它们可能是在城市长大的狗，但它们对荒野的本能的恐惧是一样的。它们在光天之下，不仅用自己的眼睛看出白牙的狼性，同时也用祖先的眼睛观察它，它们通过祖传下来的记忆，知道它是狼，记得它自古以来就是它们的宿敌。

这样，白牙的日子越过越有意思。它们一看见它就咬它，这对它是好得很，对它们则是糟得很。它们把它当作真正的猎物，它把它们也当作真正的猎物。

当初它在孤寂的洞穴里第一次看见白日的光亮，它跟雷鸟、黄鼠狼和大山猫打了最初的几仗，这些未尝不是好事。当初唇唇和狗群迫害它，使它童年时代过着苦闷的生活，也未必就是坏事。否则情况会是两样，它也可能不是现在这个样子。如果没有唇唇的话，它就可能和别的小狗一起度过童年，也就会长得更像狗、更喜欢狗。如果灰狸子对它表示出一丝的温情和慈爱，他完全可以摸透埋藏在白牙本性深处的东西，从而发现、培育它本性中温善的一面。但实际情况并非如此。现在，构成白牙的"泥土"材料已经被塑造，它的性格已经定型，它暴躁、孤僻、冷酷、凶残，它是同类的仇敌。

二 疯子

只有为数不多的白人住在育空堡，他们来到这里之前在乡下住过很长时间。他们管自己叫"面肥"，并为此而感到自豪。至于那些刚来到这里的人，他们看不起。那些乘汽船来的人都是初来乍到者，他们外号叫"软脚丫子"，一听见这个名字就让人打蔫。这些人烤面包时使用发酵粉，而"面肥"们没有发酵粉，他们烤面包用酸面肥，这是一个容易在他们之间引起反感的区别。

但问题不在这里。育空堡的人看不起新来的人，而且每当看见他们倒霉时就特别开心。尤其是白牙和它的那些声名狼藉的伙伴们把外来狗打得稀巴烂时，他们看了高兴。只要汽船一到，他们准去河边看热闹。他们和印第安狗一样盼着汽船到来，特别赞赏白牙的凶狠和狡诈。

其中有一个人尤其热衷此道，一听见河里传来汽笛声，就跑着来到河边。狗打完了架，白牙和伙伴们走开了，他就慢慢腾腾地回到堡里，脸上现出深感遗憾的神情。有时从南方来的狗被狗群咬倒在地上尖声嚎叫时，这个人就欣喜若狂，兴奋得又蹦又跳，又喊又叫，而且眼睛总是盯着白牙。

此人姓史密斯，他的名字谁也不知道。育空堡的人都称他美男子，美男子史密斯。但是他一点也不美。他之所以叫美男子是取其反意，实际上他是奇丑无比。大自然对他太吝啬了。首先，他身材矮小，矮小的身躯上顶着一个更小的头，头顶尖尖像根针。事实上，他小的时候，还没有人称他美男子之前，他的外号就叫"针头"。

他的脑袋从头顶往后一直斜溜到脖子，往前和又宽又低的前额相衔接。从这儿开始，大自然一反原来的小家子气，慷慨塑其五官。他的眼睛很大，两眼之间的距离相当两只眼睛的长度，和其他部位相比，他的脸大得惊人。为了显示他脸部的面积，大自然又给了他一个巨大的下巴，又宽又大，向下前方伸出去，几乎触着前胸。他生有这样一个下巴，可能因为他那细长的脖子不足以支撑这么巨大的负担吧。

他的下巴给人留下的印象是，这个人心狠手毒，但他又缺少点东西。也许由于他的形象太反常，也许是他的下巴太大，不管怎么说，那是一个假相。实际上，美男子是远近闻名的软骨头、胆小鬼。最后，说说他的牙齿。他的牙齿既大且黄，尤其那两颗大门牙，像狼牙一样露在薄嘴唇的外面。他的眼睛发黄而浑浊，好像大自然在塑造他时，正好颜料用光了，只得把剩在颜料桶里的渣滓挖出来抹在他的眼里。他的头发也是如此，又黄又脏，长得稀疏且不说，又很不整齐，东一绺西一绺的从头上和脸上钻出来，好像被风吹乱以后堆在一起的稻草。

一句话，美男子史密斯是一个极为丑陋的人。但这不是他的过错，他不能对此负责。当初他就是被塑造成这个样子的。他在育空堡里给人做饭、洗碗，所有繁重乏味的活都是他干。他们并不轻蔑他，而是以宽厚的人道主义精神对待他，就像人们同情那些生来不幸的人一样。同时，他们也怕他。胆小鬼发起脾气来会在背后放冷枪，或在咖啡里下毒药。但总得有人做饭，不管他还有什么毛病，他毕竟会做饭。

就是这个人，眼睛总盯着白牙，看见它凶狠强悍的样子就欣喜若狂，老想占有它。他从开始就向白牙讨好，白牙最初不理会他。后来他总是不断地套近乎，白牙只得吓唬他一下，然后就走开了。它不喜欢这个人，他给它的感觉很坏，它能嗅出他的恶意。当他向它伸过手来或是小声跟它说话时，它害怕。因此，它恨这个人。

简单的生物用简单的方法区分好与坏。能给它带来舒适、使

白牙一蹿站了起来，左右挣扎着，想把牛头犬甩开。（见140页）

它感到满意、不使它感到疼痛的就是好。因此，好的就受欢迎。相反，使它感到不适、给它带来威胁和疼痛的是坏。因此，坏的就遭痛恨。白牙对美男子史密斯的感觉很坏。它觉得，从他那变形的身体和扭曲的心灵里神秘地散发出有害的东西，就像瘴气从充满瘴疠的沼泽里蒸蒸上升一样。它不是凭理智，也不是凭感官，它是通过一种缥缈的和未知的感觉，得知这是一个阴险毒辣的人，因此，他是一个坏东西，必须恨他。

美男子史密斯第一次来拜访灰狸子时白牙正好在营寨里。他还没进来，单听他那隐隐约约的脚步声白牙就知道是他来了。白牙有些紧张，本来它正舒舒服服地躺着，这时赶紧站起来。美男子进来时，白牙偷着溜出去了。它不知道他们谈了什么，但它看见他和灰狸子站在一块儿说话。有一回美男子用手指了指它，白牙冲他叫了一声，就好像他的手已经摸到了它，实际上他是站在五十尺以外的地方。美男子笑了，白牙转身朝树林跑去，边跑边回头看。

灰狸子拒绝卖白牙。做买卖已经使他发了财，他现在什么也不需要。再说白牙是一只难得的狗，是他所有雪橇狗当中最有力气的一只，而且是最好的雪橇队长。走遍麦肯兹河和育空河也找不出它这样的狗。它会打架，它咬死别的狗就如同人打死蚊子一样易如反掌（美男子听到这里眼睛顿时亮了，伸出舌头不住地舔他的薄嘴唇）。不卖！给多少钱也不卖！

但是，美男子史密斯了解印第安人。他经常拜访灰狸子，每次去腰里总是揣着一瓶威士忌什么的。威士忌有一个效力，可以让人上瘾，而灰狸子恰巧有瘾。他浑身的黏膜和发热的胃口开始渴望喝到越来越多这种热烈的汁液，他的心理被这不寻常的兴奋剂刺激得变了态，不管付出多大代价也要弄到酒。他卖皮货、卖手套和皮鞋赚来的钱开始流失了，而且流失得越来越快。他的钱袋变得越来越空，他的脾气变得越来越暴。

最后，钱花光了，货卖完了，脾气也没了，只剩下酒瘾了。酒瘾本身也是一笔巨大的"财富"，而且这笔财富与日俱增。然后，美男子史密斯又来和他谈判买白牙的事。这次就不是用钱买了，而是用酒换。灰狸子侧耳听着，显得比买主还急切。

"你逮着它就带走吧。"灰狸子说。

美男子带来了酒。"你去逮住它。"两天以后，美男子对灰狸子说。

一天晚上，白牙溜回营寨，放心地喘了一口气，躺下了，那个可怕的白人没来。一连好几天那个家伙老想逮它，逼得它不敢回寨子。它不知道他的那双手会如何对待它，但它知道那双手干不出好事儿，最好别让他抓着。

它刚刚躺下，灰狸子就踉踉跄跄地朝它走过来，把一根皮带套在它的脖子上。他一只手牵着皮带，在白牙身旁坐下，另一只手握着一瓶酒，不时地仰起头来咕噜咕噜地喝。

大约过了一个小时，传来了咚咚咚的脚步声，白牙首先听见了。它预感不妙，心情很紧张，可是灰狸子仍在不断地仰着头喝酒。白牙想把皮带从主人的手里轻轻地抽出来，但灰狸子原先放松的手指又攥紧了，这时他清醒过来了。

　　美男子史密斯大步流星地进来了，站在白牙身边。白牙仰起头冲着这个凶恶的家伙叫了一声，眼睛直盯着他的手。他伸出一只手要摸它的头，它很紧张，又叫了一声。美男子的手继续朝它伸过来，它卧着不动，眼睛恶狠狠地死盯着他。这时它的呼吸越来越急促，叫声越来越短促，又尖又细。突然间，它像蛇一样朝他咬了一口。美男子急速把手收回去，白牙咯嘣一声咬空了。美男子吓了一跳，他生气了。灰狸子打了它一个耳光，它规规矩矩地又躺下了。

　　白牙用怀疑的眼睛盯着他的每一个举动。它看见美男子史密斯出去了，回来时手里拿着一根大棍子，灰狸子把手里的皮带递给他。史密斯牵着它就走，皮带拉得紧紧的。白牙不肯走，史密斯用棍子左右开弓打它，让它站起来跟着走。它站起来了，但猛地一蹿，朝史密斯扑过去，史密斯没有躲，他有思想准备。他抡起大棍子朝着白牙猛打过去，白牙咕咚一声从空中落在地上。灰狸子在一旁哈哈大笑，点头称赞。史密斯一拉皮带，白牙歪歪斜斜浑浑噩噩地又站了起来。

　　它没再扑第二回。这一棒使白牙明白了，这家伙舞棒是行家里手，它不能自找苦吃。它夹着尾巴心情沮丧地跟在史密斯后面走，嘴里不停地嘟囔着。史密斯不时回过头来看看它，手里始终拿着那根棍子。

　　到了堡里，史密斯把白牙结结实实地拴好了就去睡了。一个小时之后，白牙开始咬皮带，只用十秒钟就把皮带咬断了。它一口接着一口地咬，没有咬空过一口。皮带是斜着咬断的，好像用刀子割的一样整齐。白牙朝育空堡张望了一阵，叫了两声，就跑回灰狸子的营寨。它没有义务对这个凶神恶煞的家伙尽忠。它已经委身于灰狸子，它是属于灰狸子的。

刚发生过的情景又重演一遍，但略有不同。灰狸子又在它的脖子上套了一根皮带，第二天早晨把它送回史密斯那里。这"不同"之处就在这里发生了。史密斯把它打了一顿，又结结实实地把它捆起来。白牙生气也没用，只得忍受惩罚。这回是棍子鞭子一齐使用，它一辈子没挨过这样的棍打鞭抽。小时候灰狸子打它够狠了，但与此相比也只是小巫见大巫。

美男子史密斯有打狗癖，他以此找乐。看见狗挨打，他幸灾乐祸，看见白牙疼得乱叫时他的眼睛闪闪发光。美男子史密斯的狠毒是胆小鬼式的狠毒。强者一伸手、一声吼都能把他吓得浑身打颤，但他反过来在比他弱小的动物身上撒气。所有的生物都喜欢逞强，史密斯也不例外。他在同类面前无法逞强，就在比他低级的动物当中证明他是强者。但是史密斯不是自己要到这个世上来的，他不应该受到指责。他生来就是身体变形、性情残暴。他就是由这样的材料制成的，大自然在把他塑造成人的时候，没有对他发过慈悲。

白牙心里明白它为什么挨打。当灰狸子把拴在它脖子上的皮带递给史密斯时，它知道它的主人让它跟着史密斯走。当史密斯把它拴在育空堡的外面时，它知道那是史密斯让它待在那儿。因为它违背了两个主人的意志，所以它不断地挨打。它过去见过狗更换主人的事，也见过狗逃跑以后像自己那样挨打的情形。它很理智，但在它本性里有比理智更强大的东西，其中之一就是忠诚。它不爱灰狸子，但是它对他忠诚，哪怕是在他生气的时候，或是把它卖掉的时候，它也对他忠诚。这是不以它的意志为转移的。在塑造它的材料里面就存在这种品格。这是它的同类所独具、而为其他种类所没有的品格，这种品格使得狼和野狗能够从荒野来到人间，并情愿与人为伍。

挨完了打，白牙被牵回堡里。这回史密斯用一根棍子把它拴住。狗一般不太容易忘记主人，白牙也是一样。它的主人是灰狸子，尽管灰狸子已经卖了它，它心里还是想着他。虽然灰狸子已经背叛了它、抛弃了它，但它并不计较这些。白牙不是平白无故地将自己的身心交给灰狸子，它毫无保留地忠于他，他们之间的关系不是可以轻易中断的。

夜间堡里的人入睡之后，白牙开始咬它脖子上的木棍。木棍是经过风干的，紧紧地拴在它的脖子上，很难咬着。它拼命收缩颈肌，使劲弯着脖子，才勉强咬着木棍。它表现了极大的耐心，一连咬了几个小时，才把木棍咬断。这真是闻所未闻，狗一般是咬不断木棍的，可是白牙却咬断了，然后趁着天黑，从育空堡溜出去，脖子上还挂着一小段木头。

它很聪明，但假如它真的聪明，它就不会再往灰狸子那儿跑，灰狸子已经两次背叛了它。可是它是一个忠诚的动物，它要回去第三次被出卖。灰狸子又在它的脖子上套了一根皮带，史密斯又来要它。这回挨的打比前几次都厉害。

史密斯用鞭子打白牙时灰狸子并不过来保护它，只是木然地在一旁看着，它已经不是他的狗了。这次把白牙打坏了，若是南方来的娇气狗早就被打死了，它是在严峻的环境里长大的，是用坚硬的材料做成的。它的精力旺盛，生命力极强。可这回它吃不消了。开始它几乎无力走路，史密斯只好等它，等了足有半个小时，它才闭着眼睛，跟跟跄跄地跟着史密斯回到育空堡。

这次史密斯给它套了一条铁链子，用U形铁钉在木桩上。白牙咬不动，左冲右撞想把U形铁从木桩里拽出来，但是毫无用处。过了几天，灰狸子清醒过来了，但他已经破产了。他离开育空堡，沿波丘派恩河跋涉，回麦肯兹河去了。白牙留下来，成了一个疯子似的野蛮人的财产。但是狗懂得什么是疯子呢?对于白牙，史密斯是它名副其实的可怕的主人。要说他是一个"疯子似"的主人，那还是好听的呢。可是白牙根本就不懂得什么是疯子。它只知道它必须屈从新主人的意志，服从他那胡思乱想出来的怪念头。

三　仇恨

经过史密斯的训练，白牙变得非常凶残。史密斯用铁链子把它锁在育空堡后面的圈栏里，用种种卑劣的手段激它、逗它，把它折磨到发疯的地步。他早就注意到，白牙怕人家笑它，所以，每次折磨完它，一定要笑它一阵子，大声地嘲笑它，同时，带着轻蔑的神情用手指它。每当这时，白牙就失去理智，暴跳如雷，比史密斯还疯狂。

从前，白牙只是它同类的敌人，十分凶狠的敌人。现在它是天下万物的敌人，而且比从前更凶狠。它被折磨到了痛恨一切的程度，它盲目地恨，完全失去了理智。它恨锁在它脖子上的铁链，它恨那些透过圈栏缝隙围观它的人们和那些在它身陷囹圄时朝它恶毒吠叫的狗，它也恨圈栏的木板条。但是，它最最恨的是美男子史密斯。

史密斯这样对待白牙是有用意的。有一天，狗圈周围聚集了好几个人。史密斯手里拿着棍子进来了，把白牙脖子上的铁链解开。他刚一出去，白牙因没了管束，就绕着圈栏乱蹿，冲着圈外的人们乱扑。这是一只既凶恶又庄严的狗。身长足有五尺，站起来肩高二尺半，而且，比同样身长的狼要重得多。它的体重是从狗母亲那里继承来的，身上没有脂肪，没有一块多余的肉，净重九十多磅。通身是骨头、肌肉和腱子，而且竟技状态极佳。

圈门又开了，白牙站住了，它发现情况非同往日，它等待着。圈门又开大了一些，放进来一只大狗，随后门就关上了。进来的是一只大耳狗，白牙从未见过这样的狗。虽然它的个子大，样子凶，白牙并不害怕。它既不是木棍，也不是铁链，白牙可以往它身上发泄仇恨。它纵身一跳，一口把大耳狗的脖子咬下一块。大耳狗摇摇头，粗声粗气地叫了两声，朝白牙铺天盖地而来。可是白牙到处乱跳，一会儿跳到这儿，一会儿跳到那儿，总是让它挨不着，而又总是乘机咬它一口，再跳开，让它摸不着。

在圈栏外围观的人们拍手叫好，史密斯高兴极了，看见白牙撕咬滚打的出色表现心中暗喜。从一开始大耳狗就没有赢的希望，身体又笨，动作又慢。最后，史密斯用棍子把白牙拦开，大耳狗也被主人牵出圈外。然后参加赌博的人们开始付钱，史密斯捞了一笔。

现在白牙盼望着圈外有人，只要有人就意味有仗可打。这是显示它生命价值的唯一方式。史密斯把它圈起来折磨它，就是要培养它的仇恨心理。如果主人不给它找来对手，它是无法发泄仇恨的。史密斯了解白牙的威力，因为在斗狗中它总是胜利者。有时三只狗轮番和它斗，有时刚从野外捉来一只大狼就被带到圈里。有一次两只狗一起斗它，那次可是一场硬仗，虽然它把两只狗都咬死了，可它自己也差一点丧了命。

那年秋天，刚下过第一场雪，河里开始漂着冰碴儿，史密斯带着白牙乘汽船沿育空河去道森。白牙在这一带已经有了名气，远近的人们都知道有一只叫"斗狼"的狗。它被装在笼子里放在船的甲板上，总有很多好奇的人围着看它。它不是气得大叫，就是一声不响地卧着，用冷森森的眼睛打量着他们。它怎么会不恨他们呢？但它从来没这样问过自己。它只知道恨，恨起来可以发狂。生活对于它来说，已经变成了地狱。人们提来野生动物总是把它们囚禁起来，白牙可不是为了让人囚禁才来到这世上的。然而，它所受到的待遇就是如此。人们围观它，用棍子捅它，惹它嗥叫，以此来嘲笑它。

这些人就构成了它的生活环境。大自然把它塑造成一个凶恶的动物，而他们把它变得更凶恶。然而，大自然也赋予了它可塑性。若是别的动物也许早就死了，精神早就垮了，可是它适应了这个环境，活了下来，而且精神依旧。也许心狠手毒的恶魔史密斯能够摧毁白牙的精神，但目前还没有看出他能成功的迹象。

如果说史密斯是个恶魔，白牙也是个恶魔；两个恶魔永不停止地互相发怒。从前，白牙还懂得在拿棍子的人面前畏缩屈从，现在不了，只要一看见史密斯它就怒不可遏。只要史密斯一来（因为白牙挨过棍打），它就龇着牙冲他嗥叫，不让它叫是不可能的。不管怎样打它，它还是要叫。即使史密斯住了手，也会听见它那表示蔑视的嗥叫声。它有时撞击笼子的铁条来发泄它的愤怒。

汽船到达道森，白牙上了岸。虽然是锁在笼子里，也躲不过公众的眼睛，总是有好奇的人们围着看。它是以"斗狼"的名义被当作展品展览，人们需付相当于五角钱的金粉才能参观它。现在它连一分钟的安宁也没有。要是它躺下睡觉，人们就用棍子捅它，让它站起来，钱不能白花。为了让展览吸引观众，主人总是让它发怒。但更糟糕的是它所处的生活环境。因为它被锁在铁笼里，人们把它看作是可怕的野兽。它是通过人们说的每一句话和做的每一个动作才知道自己是多么可怕和凶恶。这无异于火上浇油，其结果只有一个：它变得更加可怕，更加凶恶。这一点又可以证明它的可塑性，它那适应环境压力的能力。

除了被当作展品展览以外，它还是一个职业斗狗。只要有狗可斗，它总要隔三差五地被牵到几英里以外的小树林里。为了躲避当地骑警的干涉，斗狗一般安排在夜间。在那里等几个小时，天亮了，观众和参赛的狗也来了。就这样，它和各种身材、各种品种的狗都较量过。那是一个野蛮的地方，人也是野蛮的人，斗狗总是以一方死亡而告终。

白牙不断参加斗狗，它总是把对方咬死，自己从来没败过。它早年的锻炼——与唇唇和小狗们的战斗——帮了它的忙。它有用四爪死死抓住地皮的韧性，没有任何狗能够扳动它。这是狼种的拿手好戏。不论是直接地撞击它，还是兜个圈子冲击它的肩膀，企图撞倒它，都失败了。很多狗都试过，麦肯兹猎犬、爱斯基摩狗和拉布拉道尔狗、北极犬和阿拉斯加犬，都失败了。它从来就没有失过脚。人们互相传诵着这件事，希望亲眼看它失败一次，可是白牙总是让他们扫兴而归。

它那闪电般的速度使它在战斗中占了便宜。别的狗尽管有过很多战斗经验，但从未遇过像它这样快的狗。还有值得一提的是它那果断的进攻。一般的狗动手之前总爱汪汪乱叫一通，但总是还未动手或者还未弄明白是怎么回事就被摔倒在地上，然后被咬死。因为这样的事屡屡发生，斗狗时总得先牵住白牙，等对方汪汪完了、准备好了再把白牙放开，有时甚至就让对方先动手。

但是，白牙最大的优势是它有丰富的战斗经验，它比所有与它交过锋的狗经验都多。它参加过更多的战斗，更晓得怎样对付各种花招。实际上，它自己有更多的技巧，而且无须加以改进。

后来，白牙参加斗狗的次数逐渐减少了。人们不再愿意看它与狗斗，史密斯不得不安排它与狼斗。这是印第安人设的圈套，白牙与狼斗观众肯定多。有一回弄来了一只雌性大山猫，这回白牙差点丧了命。大山猫的速度同样快，性情同样凶狠。白牙只是用牙咬，而大山猫除了牙齿以外，还有锐利的爪子。

斗完大山猫以后，白牙再无战事，因为再也找不着对手，至少再也找不到一个可以和它匹敌的狗。所以，它只得当展品展览。第二年春天，来了一个叫蒂姆·基南的人，他是开赌场的。他带来一只牛头犬，这是来到克朗代克地区的第一只牛头犬。牛头犬和白牙之间的战斗是不可避免的。一个星期以来，这场人们企足而待的斗狗成了城里人谈论的主要话题。

四　粘在身上的死神

史密斯从白牙的脖子上卸下铁链，然后就退出场外。

只有这一回，白牙没有立即进攻。它一动不动地站着，耳朵朝前支着，警惕而又好奇地打量着眼前这个陌生的动物。它从前没有看见过这样的狗。蒂姆·基南说了声"上"，就把他的牛头犬推上去了。牛头犬身材短，个子也矮，蹒跚着走到圆圈的中间，样子很不雅观。它停下来，冲着对面的白牙眨眼睛。

"上，切罗基！"人群当中有人喊。"废了它，切罗基！""吃了它！"

但是，切罗基看来不想斗，它回过头向那些呐喊的人眨眼，同时不急不忙地摆动它那又短又粗的尾巴。它不是害怕，只是有点懒。它也许认为主人不会让它跟眼前的这只狗斗，它不太习惯和这种狗斗。它等着他们给它带一只好样的狗来。

蒂姆·基南过来了，用手从后往前搓它的背，这个动作能将牛头犬的身体微微向前推，而且里面有很多暗示。同时，这样一搓，切罗基很不舒服，它开始从喉咙深处发出轻微的叫声。它的叫声和主人手的节奏相呼应，主人的手每往前搓一下，它就叫一声，再搓一下，再叫一声。每个动作结束时的一刹那，是节奏的高潮，主人一抬手，牛头犬就叫起来。

这对白牙不是没有影响的。白牙紧张了，颈上和背上的毛立了起来。最后，蒂姆·基南把牛头犬往前一推，然后退出来。切罗基被推时所产生的惯性已经结束，但它仍继续迈着罗圈腿往前跑。白牙开始行动了。随着一声惊叹，它早已像一只敏捷的猫一样扑上来，并以猫的敏捷咬了一口，然后跳开了。

牛头犬粗大的脖子受了伤，血从耳后往下淌。它没理会，也没叫，只是在后面紧跟着白牙。一个快似闪电，一个稳如泰山，双方的表演使得倾向性很明显的观众激动起来。人们开始重新打赌，增加赌注。白牙一次又一次地扑上来，咬完之后就跳开，让对方摸不着。它那奇怪的对手仍是跟着它，不紧不慢，但坚定不移，脚步分寸不乱。牛头犬的这个战术里有文章，它正尽全力，要达到一个目的，什么也不能转移它的目标。

从它的举止和动作可以看出它的意图，这使白牙感到迷惑。从未见过这样的狗，身上没有皮毛保护，软软的，一碰就流血。没有厚厚的毛挡住白牙的牙齿（它在咬别的狗时常被它们厚厚的毛挡住牙齿），一咬就咬进肉里，牛头犬无法自卫。还有一点使它感到困惑不解，这家伙无论如何也不叫，从来没遇到过这种狗。挨了咬不吭声，只是毫不气馁地追它。

切罗基的速度并不慢，它拐弯、转身时也很快，但总是摸不着白牙。此时切罗基也有点迷惑不解，它跟很多狗打过交道，但没有一只像它这样难以靠近。按理说，交手的双方都想互相靠近，可是眼前的这家伙总和它保持一定距离，蹦蹦跳跳地到处躲，咬一口之后立即松开嘴，然后迅速跳开。但是，白牙咬不着牛头犬脖子下面的软肉。牛头犬个子太矮，下巴又厚又大，对脖子起了保护作用。白牙屡屡进攻得手，自己又未受半点伤，切罗基的伤却越来越多，脖子两侧和头部都挨了咬，血水汨汨地流，却一点也不泄气，迈着沉着的步子继续追。有一回，牛头犬心里一阵糊涂，停住了脚步，冲着围观的人群眨眼睛，摇尾巴，好像在说，这个仗它还是愿意打下去的。

就在这时，白牙乘机扑上来，顺便朝它那所剩无几的耳朵咬了一口。切罗基生气了，撒腿就追，在白牙的内侧绕着圈子追，企图一口咬住白牙的喉咙，置它于死地。牛头犬只差一点就咬住了白牙，白牙突然掉过头来往回跑，观众里传来一阵喝彩声。

就这样，白牙前蹿后跳，来回跑动躲避牛头犬，扑上去又跑开，一口一口地咬它。牛头犬仍然一个劲儿地追。它想，迟早它会达到目的，迟早它会抓住对手，只要抓住对手就意味着胜利。不论吃什么亏，它都认了。它的耳朵被撕成碎条，脖子和肩膀被咬了十几个口子，嘴唇流着血——白牙的闪电战术使它始料不及、防不胜防。

白牙曾三番五次地想把牛头犬摔倒，但它们的身高相差太大。切罗基太矮，重心太低，白牙试了很多次，不断变换进攻方

向，最后，抓住一个机会。牛头犬转动很慢，有一次，它还未来
得及转头，整个肩膀暴露在白牙面前，被白牙一口咬住。但因为
它自己的身体太高，用力太猛，自身的惯性使它从牛头犬的身上
翻了过去。在白牙的全部战斗生涯中，这是第一次摔跟头，它在
空中翻了一百八十度。若不是它像猫似的在落地之前把身子一
蜷，肯定会四腿朝天摔在地上。还好，它是侧身着地，但摔得很
重。它立即站起来，就在这一瞬间，牛头犬就势咬住了它的喉
咙。

但这一口没咬准，太靠下，几乎咬着了胸口，可是切罗基
死死咬住不放。白牙一蹿站了起来，左右挣扎着，想把牛头犬甩
开。牛头犬沉重的身体紧紧贴在它身上，使它无法动弹，这时它
简直要发疯了。它好像掉进了陷阱里，本能地起了反感，拼命地
挣脱。足有三四分钟，它真的疯了。生的欲望左右着它，生的意
志驱使着它。它的智慧完全消失了，好像没了头脑。它渴望继续
生存、继续动，不管有什么危险也要动，只有能动才说明它还活
着。就是这一盲目的欲望使它失掉了理智。

它绕着场地一圈一圈地跑，一会儿停下来打转儿，一会儿
掉过头来往回跑，想把咬在它脖子上五十磅的重量甩掉。牛头犬
死死咬住不松嘴，任它随便拖到哪里。它偶尔也想四脚着地站起
来，身子贴着白牙走几步。可是过一会儿，它又失去平衡，被白
牙拖着走，随着白牙打转转。切罗基的本能告诉它，死死咬住对
方不放松是对的。人群里传来一阵喝彩声。每逢这时，它就闭上
眼睛，把自己的身体完全交给对方，任其东拉西拽，多疼也不在

乎。疼点没关系，咬住是关键。它就这样死死地咬着。

白牙只有在筋疲力尽时才停一会儿。它没办法，它不明白，过去从未遇到过这样的对手，所有和它交过手的狗没有一个是这样的咬法。和它们打仗时，它只管咬，咬完就跑，再咬，咬完还跑。这时它微侧着身子倒在地上，上气不接下气。切罗基仍然咬住不放，它用嘴拱白牙，想把它彻底拱倒在地上。白牙使劲挺着，它感觉到切罗基的牙齿在一点一点地往上移动，先是松开一点，然后又赶紧咬住，像嚼东西的动作一样。每移动一次，就向喉咙靠近一点。牛头犬的战术是，先咬住再说，有机会就向前移。白牙停下来，就给牛头犬一个移动牙齿的机会，白牙挣扎时，它就死死咬住不动。

切罗基身上只有一处白牙能够咬着，就是它脖子上方与肩膀衔接的地方。它咬是咬住了，但不会"咀嚼"战术，再说它的上下颚也不习惯这个动作。它用牙齿咬一会儿。停一会儿，企图在那里找一块地方咬住。可是它们身体的位置起了变化。牛头犬咬住白牙的喉咙，用力把它掀翻，白牙腹部朝天躺在地上，牛头犬就势骑在它身上。白牙像猫一样弓起后身，蹬着两条长腿，用利爪撕抓牛头犬的肚子。牛头犬立即从白牙身上跳开，嘴咬着白牙的喉咙转了一个九十度角，否则，它的肚肠子早被白牙抓出来了。

牛头犬牢牢咬住，白牙无法挣脱，就像不能摆脱无情的命运一样。牛头犬的牙齿沿着白牙的脖子慢慢往上移动。白牙所以还没有被咬死，完全归功于它脖子上松弛的皮和皮上长着的长毛，这些皮和毛在牛头犬的嘴里滚作一团，咬不透。可是，只要有机会，它就一点一点地往嘴里咬，它想慢慢把白牙憋死。白牙呼吸越来越困难。

眼看这场战斗就要有结果了。把赌注押在切罗基身上的人们高兴了，他们把赌注比例提高到了荒唐的地步。白牙的支持者们则显得很晦气，连十比一和二十比一的赌注都拒绝了，尽管有一个鲁莽的家伙下了五十比一的赌注，这个人就是美男子史密斯。他一步跨进场内，用手指着白牙，然后大声嘲笑它。这真起了作用，白牙气疯了。它使尽全身的力气，终于站起来，脖子上拖着五十磅重的仇敌，围着场地拼命地跑。最初是愤怒，现在它变得惊慌失措。它的智慧已经离开脑壳，再一次被生的欲望所驱使。它一圈一圈地跑着，跌倒了再爬起来，有时甚至后腿站立，把敌人提起来吊在空中。它挣扎着要把粘在身上的死神甩掉，但这一切都无济于事。

最后，他筋疲力尽，往后一仰倒下了。牛头犬立即把嘴移上去，皮毛裹着肉，一口咬在嘴里，紧紧地将白牙的喉咙卡住。观众为胜利者喝彩，一声接一声"切罗基！""切罗基！"地喊着。切罗基使劲儿地摇着它那短尾巴与其呼应。人们的赞扬声并没有干扰它的注意力。尾巴在后面摇着，大嘴在前面咬着，两不耽误。

就在这时，一个声音扭转了观众的注意力。远处传来一阵叮叮的铃声和乘雪橇旅行者的喊叫声。除史密斯以外，其他人都有些不安，担心警察来了。他们看见两个人坐在狗拉的雪橇上，沿河边的雪道跑过来。可以看得出，他们是从金矿地区回来的淘金者，看见人群，便把狗喊住，走了过来，想看看到底是什么事吸引这么多人围观。驾雪橇的人上唇蓄着小胡子，另一个高个子年轻人，脸上刮得干干净净，因为在风雪中跑了一路，热血沸腾，满脸泛红。

实际上，白牙已经停止反抗，偶尔挣扎一阵，也是白费力气。它现在呼吸很困难，牛头犬越咬越紧，白牙吸入的空气也越来越少。尽管它长了一身厚厚的毛，若不是因为牛头犬第一口咬得太低，几乎咬在它的胸口上，它的颈动脉早被咬断了。切罗基用了很长时间才把它的牙齿移近白牙的喉咙，因而嘴里也就含了更多的皮和毛。

这时，史密斯残暴的本性战胜了他仅有的一点理智。当他看见白牙的眼睛开始变得呆滞，他知道，白牙已经输了。他一步跳上去，抬起腿来狠命地踢白牙。人群里发出嘘嘘声和抗议的喊声，但没有采取别的行动。史密斯仍然不停地踢，这时观众骚动了。高个的小伙子正穿过人群往里挤，不客气地用肩膀左冲右撞。他挤进圈里，正当史密斯抬起脚来要踢未踢，全身重量都集中在一只脚上，将要失去平衡之际，小伙子一拳出去，啪的一声打了史密斯一个满脸花。史密斯双腿悬空，转了半圈，然后趴在雪地上。小伙子转身冲着人群喊：

"胆小鬼！畜生！"

当他瞪着眼睛向人群发火时，他那灰色的眼睛闪闪发光，仿佛金属一般。史密斯站起来，抽着鼻子，战战兢兢地朝他走来。

小伙子没闹明白，不知道他是一个卑劣的懦夫，以为他是过来和他算账的。他喊了一声"你个畜生！"又是一拳，把他仰面朝天打在雪地上。史密斯心想，还是躺在雪地里不动更安全，再没敢站起来。

"过来，马特，帮帮忙。"他把赶雪橇的伙伴叫过来。

两个人一齐蹲下。马特抓住白牙，只等切罗基一松嘴就把它拉开。年轻小伙子抓住切罗基的上下颚使劲掰，想把它的嘴掰开，但是不行。他一边掰着，拽着，扭着，一边气喘嘘嘘地嘟囔着："畜生们！"

这时周围的人们不干了。有的抗议说，他们把这场斗狗搅乱了。年轻小伙子抬起头来朝他们瞪了一眼，他们都老老实实不作声了。

"混蛋畜生们！"他大喝一声，又低头弄狗去了。

"不行，斯科特先生，你那样弄不开。"马特说。

他们停了一会儿，端详这两个咬在一起的狗。

"血流得不多，"马特说，"还没咬透。"

"可是一会儿就会的。"斯科特说，"看那儿，看见了吗？它又挪近了一块。"

小伙子越发担心白牙的安全。他用拳头狠狠地打切罗基的头，但它就是不松嘴。切罗基摇摇尾巴，告诉人们它明白为什么挨打，但它知道它做的对，它的任务就是紧紧咬住不放。

"你们不能过来帮帮忙吗？"斯科特冲着人群声嘶力竭地喊。

但没有人肯帮忙。相反，人们开始说风凉话，给他出馊主意。

"你得找个东西撬。"马特说。

斯科特伸手从屁股后面的枪套里抽出一支手枪，把枪管捅进牛头犬的嘴里。他用力往里捅，直到听见枪管碰着牙齿发出清晰的铛铛声。他们跪在地上，低头搬弄着。蒂姆·基南大踏步走过来，站在斯科特身旁，用手指敲着他的肩膀威胁说：

"别撬坏了它的牙，陌生人。"

"那么我就扭断它的脖子。"斯科特顶了他一句，继续用枪管撬牛头犬的牙。

"我告诉你别撬坏了它的牙。"这位赌场老板用更重的威胁口气又说一遍。

假如他只是想吓唬他，他不怕。斯科特手里一边忙活着，一边抬起头，冷冷地问了一句：

"你的狗？"

赌场老板哼了一声。

"那么你过来把狗拉开。"

"我说，陌生人，"基南用讥讽的口吻慢条斯理地说，"我倒愿意告诉你，这个难题连我自己也没有解决。我真不知道如何破它的这一招儿。"

"那就滚开吧，"斯科特说，"别给我添麻烦，我正忙着呢。"

蒂姆·基南仍站着不动，斯科特也不再理会他。他正在把枪管从狗嘴的一边捅进去，从另一边捅出来，然后小心翼翼地、轻轻地撬，一次撬开一点，同时，马特也抓住白牙的脖子一点一点地往外拉。

"过来牵你的狗。"斯科特命令切罗基的主人。

基南赶快弯下腰，用手紧紧抓住切罗基。

"注意！"斯科特提醒道，用枪管撬了最后一下。

两只狗被拉开，牛头犬仍然不肯罢休。

"把狗带走。"斯科特命令道，基南拉着切罗基回到人群里。

白牙想站起来，试了几次都未成功。有一回它站起来了，但由于腿无力，又慢慢瘫下去了，倒在雪地里。它半睁着眼，眼神凝滞，张着嘴，软绵绵的舌头伸在外面，又湿又脏，看上去完全是一只被窒息至死的狗。马特仔细看了看说：

"差一点就咬透了，但还有气儿。"

史密斯站起来，过来看他的白牙。

"马特，一只好雪橇狗值多少钱？"斯科特问。

马特仍在地上跪着，仔细打量着白牙。

"三百块。"他回答说。

"一只被咬成这个样子的狗值多少？"斯科特问道，用脚轻轻踢着白牙。

"减半。"这是马特的估价。

斯科特转向史密斯。

"听见了吗，畜生先生？我要把你的狗带走，给你一百五十块钱。"

他掏出钱包，数了一百五十块。

史密斯把手背到身后，拒绝接受递给他的钱。

"我不卖。"他说。

"啊，你得卖，"斯科特不容他说"不"字，"因为我要买。拿着你的钱。狗我带走啦。"

史密斯倒背着手往后退。

斯科特一个箭步蹿上去，抡起拳头就要打，史密斯赶紧弯下腰准备吃拳头。

"我有权利不卖。"他嘟囔着说。

"你已经丧失了占有这只狗的权利。"斯科特回敬他说，"拿钱不拿？还想挨揍吗？"

"好吧。"史密斯卟得赶紧答应。"但我接这个钱是不情愿的。"他说，"这只狗是一棵摇钱树。我不想被人掠夺。一个人是有这个权利的。"

"你说的对，"斯科特说着把钱递给他，"一个人是有这个权利的。可你不是人，你是畜生。"

"等我到了道森再说，"史密斯威胁道，"我要到法院告你。"

"到了道森你敢说一个字，我让人把你轰出城去，明白吗？"

史密斯嘟嘟囔囔地说了什么，听不清楚。

"明白吗？"斯科特又大吼一声。

"是。"史密斯缩着头就要走。

"是什么？"

"是，先生。"史密斯狗叫一样嚷道。

"当心，他要咬了！"有人喊了一声，引起人们哄然大笑。

斯科特转回身来帮助正在摆弄白牙的马特。

人群里有的已经走了，剩下的三三两两站在那儿边看边聊天，蒂姆·基南也在其中。

"那小子是谁？"他问。

"威登·斯科特。"有人回答说。

"威登·斯科特是谁？"

"啊，出了名的采矿专家，跟所有的大人物都有往来。要想别惹麻烦，听我说，躲他远远的。他跟当官儿的都有交情，和淘金委员会专员是至交。"

"我琢磨着他也是个人物，"基南说，"所以，我一开始就没敢惹他。"

五　桀骜不驯

"没希望。"斯科特说。

他坐在门口的台阶上，眼睛望着马特，马特耸耸肩，也觉得没希望。

他们看着把链子拉得直挺挺的白牙，吠叫着往狗群的方向冲撞。马特已经用大棒给狗群上了一课，叫它们不要招惹白牙。所以，它们只在一旁躺着，并不理会它。

"它是一只狼，驯服不了。"斯科特说。

"啊，这我倒不敢苟同。"马特说，"尽管你这样说，它还是可能有很多狗的血统。但有一点是肯定的，是我们无法回避的。"

马特望着鹿皮山，若有所思地点点头。

"有话别闷在肚子里，"斯科特等了一会儿大声说，"说说看，你怎么想的？"

马特伸出拇指朝身后白牙的方向指了指。

"狗也罢，狼也罢，一样的事儿。它已经被驯服过。"

"不会的！"

"我告诉你驯服过，而且戴过挽具。仔细朝这儿看，看见胸膛上的痕迹了吗？"

"你说的对，马特，在史密斯之前它是一只雪橇狗。"

"而且没有任何理由说它不会再变成雪橇狗。"

"你看怎么办？"斯科特急切地问。他又摇着头补充了一句："已经两个星期啦，可是野性越来越大。"他有些泄气。

"再看一看，"马特建议，"松开它几天。"

斯科特用怀疑的眼光看着他。

"是的，"马特继续说，"我知道你已经试过了，可你没带棍子。"

"你试试看。"

马特捡起一根棍子来到白牙跟前。白牙眼睛紧紧盯着他手里的棍子，就像笼子里的狮子目不转睛地盯着驯兽师手里的鞭子一样。

"注意它的眼睛，"马特说，"这是一个好信号。它并不傻。只要我手里拿着棍子，就别想把我怎么样。它还没有疯到没治的地步，这是肯定的。"

当他把手朝白牙的脖子伸去时，它叫着卧在地上，一边看着他伸过来的手，一边紧盯着头上另一只手里的棍子。马特把链子从白牙的颈圈上取下以后就退回来了。

白牙几乎没有注意到它现在完全自由了。它跟了史密斯很长时间，除非在斗狗时，就没有过一刻的自由。斗狗一结束，立即又给它锁上链子。

它不明白这是怎么回事，也许主人们在耍新花招陷害它。它小心翼翼地走了几步，随时准备着被袭击。它不知如何是好，从未有过这种事。这两个人目不转睛地盯着它，它心想，还是离他们远一点好，于是它战战兢兢地朝小房子的角落走去，仍然平安无事。它感到困惑，又走回来，在距离他们三四码的地方停住，眼睛密切地注视着他们。

"它不会逃跑吧？"斯科特问。

马特耸耸肩："非得冒点险不可。走着瞧吧。"

"可怜鬼。"斯科特同情地说，"它现在需要点慈悲。"说着转身进了屋。

他出来时手里拿着一块肉，扔给白牙。白牙突然跳开了，站在远处怀疑地看着。

"喂喂，少校！"马特大喝一声，可是太晚了。

少校朝着那块肉冲过去，张嘴就咬。白牙跳过来咬了它一口，它摔倒在地上。马特赶紧跑上去，可是白牙比他快得多。少校跟跟跄跄站起来，脖子上流下来的血把地上的雪染红了一大片。

"糟糕。活该！"斯科特说。

马特飞起一只脚朝白牙踢过去。白牙纵身一跳咬了一口，马特惊叫一声。白牙汪汪叫着跌跌撞撞地倒退了三四码，马特弯下身检查他的腿。

"让它咬着了。"马特指着被咬破的裤子和透出来的血迹说。

"我跟你说过不好办，马特。"斯科特的语气里有点失望，"我虽然不愿意这样想，但有时也不免想到这。事到今天，只好如此。"

他一边说着，一边不情愿地掏出手枪，打开枪膛，看见里面已经上了子弹。

"我说，斯科特先生，"马特表示反对，"这只狗是从地狱里来的，你不能要求它是个圣洁的天使。给它点时间吧。"

"你看看少校。"斯科特说。

马特转过身来看了看，那只被咬伤的狗正躺在雪地里，周围是一摊血。它已经奄奄一息了。

"它活该。你自己这样说过，斯科特先生。它从白牙口中夺食，肯定是要死的，这是意料之中的事。假如狗不为自己的食物而斗争，我是看不上它的。"

"瞧瞧你自己吧，马特。狗挨了咬还好说，人挨了咬该怎么说呢？"

"我也活该，"马特说，"我为什么要踢它呢？你说过它做得对，我没有权利踢它。"

"打死它是对它的慈悲，"斯科特坚持说，"它是无法驯服的。"

"听我说，斯科特先生，给这个可怜鬼一个表现的机会。自从它来到我们这儿还没有打过架。这是第一次给它松开链子，给它一个机会吧，如果它再不改，我就亲手把它打死。瞧着吧！"

"上帝知道，我不想杀死它，也不想让别人杀死它，"斯科特说着把枪收起来，"让它随便跑吧，看我们善良的心能否对它起作用。我来试一试。"

他走近白牙，用温柔安慰的口气跟它说话。

"最好手里拿一根棍子。"马特提醒他。

斯科特摇摇头，继续跟白牙说话，争取它的信任。

白牙心有疑虑。一会儿就要出事，它想。它咬死了他的狗，咬伤了他的伙伴，不受到严厉的制裁才怪呢。但表面上看起来，它还是一副不屈不挠的样子。它不时露出牙齿，眼睛倍加警惕，身体保持着应战的姿势，以防不测。

因为斯科特手里没拿棍子，所以，白牙忍着性子让他靠近。他朝白牙的头伸过来一只手，白牙全身缩成一团，神经很紧张。危险！要被暗算！它了解这些人的手，很灵巧，很会伤害动物。

而且，它讨厌人用手摸它。它叫得越发凶了，身体继续往下缩着，斯科特的手继续朝它伸过去。白牙不想咬这只手，非到它的生命受到威胁，非到它的野性发作，它暂且不想伤害这只手。

威登·斯科特原先以为自己的动作很快，不会被咬着。但他还不了解白牙的底细，它进攻时有如盘蛇，又准又快。

斯科特惊叫一声，立即用另一只手抓住被咬的手。马特大骂着赶了过来。白牙龇着牙往后缩，凶恶的眼睛放射出威胁的光芒。它知道要挨打了，比史密斯的打还要厉害。

"我说，你要干什么？"斯科特突然喊道。

马特跑到房子里取了一杆枪。

"没什么，"马特慢条斯理地说，装作没事一般，"我只是要说到做到。我说过我要亲手杀了它，现在是时候了。"

"不，你不能杀它！"

"我要杀了它。看我的。"

马特挨咬时曾为白牙求过情，现在轮到斯科特为它求情了。

"你说过给它一个机会。给它呀！我们才刚开始。哪能刚开始就打退堂鼓呢？这回是我活该。你看它。"

白牙躲在十几码以外的房角处，惊恐地叫着，不是冲着斯科特，而是冲着马特。

"噢，我的天啊！"马特很惊奇。

"你看它多聪明。"斯科特接着说，"它跟你一样，知道枪是干什么用的。它很聪明，我们得给它一个发挥聪明才智的机会。把枪收起来吧。"

"好吧，收起来。"马特同意，顺手把枪倚在木堆上。

"可是你再看看！"他又喊了一声。

白牙已经安静下来，不叫了。

"这值得研究。看。"

马特刚走过去拿枪，白牙就叫起来。他一离开枪，白牙就闭上嘴不叫了。

"来，逗逗它。"

马特操起枪，慢慢举到肩上。白牙随着他的动作叫，叫声越来越高。当他把枪抬起来对着它时，它就跳到房角后面。马特站在原地，直瞪瞪地看着刚才白牙所在的那块雪地。

马特郑重其事地把枪放下，然后转身看着他的主人说：

"我同意你的意见，斯科特先生，这只狗太聪明了，不能杀。"

六　慈爱的主人

白牙一边看着威登·斯科特朝它走来，一边叫着向他宣告：惩罚是不能使它屈服的。斯科特的手被咬伤已经一天一夜了，现在用纱布包扎着，用绷带吊在脖子上，以免流血。过去白牙有过事后被惩罚的经验，它担心这种"事后被惩罚"又要来临，这是无疑的。它咬了人的神圣的身躯，而且是白色皮肤高级人的身躯，这就等于亵渎了神灵。它咬了人，性质很严重，它要倒霉了。

斯科特坐在两三码以外的地方，白牙并没有感到什么危险。当主人们惩罚它时，他们总是站着。况且，这个主人手里没拿棍子，没拿鞭子，也没拿枪。再者，它自己可以自由行动。脖子上既没锁链子，也没套棍子。只要主人一站起来，它就可以逃。先看看动静再说吧。

主人静静地坐着，没有动。白牙的叫声逐渐变成了哼哼声，慢慢在喉咙里消失了。主人没有一点敌视的举动，只是心平气和地跟它说话。有一阵子，白牙随着说话的节奏哼哼。主人一个劲儿地说个没完，从前可没有人这样跟它说话。他那温柔的声调和安慰的口吻无形之中感动了白牙。尽管它的疑心很重，尽管它的本能不断向它发出警告，它开始信任这个主人了。它开始有了安全感——一种过去从未有过的安全感。

过了很久，主人站起来回到房子里。他再出来时，白牙提心吊胆地看着他。他手里既没拿鞭子和棍子，也没拿枪，那只未受伤的手也没有背在身后。他又回到原来的位置坐下，手里举着一小块肉。白牙立起耳朵，眼睛里充满了怀疑的神色，一边看着肉，一边盯着主人，警惕着他的举动，只要他略有歹意，就立即逃之夭夭。

主人还是没有惩罚它，仍然冲着它的鼻子举着那块肉。肉本身看来没有问题，但白牙还是疑心。虽然主人不断地把肉递过来让它吃，它就是不吃。主人们都是很精明的，肉是没有问题，但谁知道在肉的背后有什么阴谋。根据它过去的经验，特别是它和印第安女人们打交道的过程中，吃了肉常常会给它带来麻烦。

最后，斯科特把肉扔在白牙脚下的雪地上。它仔细闻了闻，鼻子闻着肉，眼睛却盯着主人。当它看到什么事也没有时，便把肉叼起来吃了。吃了肉还是没有事。主人又递给它一块肉，它还是不从手上吃，主人又把肉扔在地上。一连扔了好几块。后来，斯科特不扔了。他把肉拿在手里，举着引它过来吃。

肉是很好吃，白牙肚子正饿，它十分警惕地一点一点地蹭过来，它终于决定从手上吃肉了。它把头向前伸出去，耳朵朝后竖着，颈上的毛根根直立，眼睛紧紧盯着主人，喉咙不停地咕噜着，这是在警告主人，它可不是任人耍弄的狗。它吃了肉，还是没事，还是没有惩罚它。

它把剩下的肉渣也吃了，然后等着。斯科特还在跟它说话，声音很柔和。这样的声音白牙从未听见过。它的内心里产生了一种感情，也是过去从未有过的感情。它开始意识到一种莫名其妙的满足感，好像它的某种要求得到了满足，内心的某种空虚得到了充实。然而。它的本能和过去的经验仍在不停地警告它：人是狡猾的，他们采取难以预料的手段来达到他们的目的。

啊，亏它想到了这一点，说来就来了。人的善于伤害动物的手朝它伸过来，直冲着它的头伸过来了。可是主人还在跟它说话，语调柔和，使它感到安慰。朝它伸过来的手对它的确是一个威胁，使它产生怀疑，可那说话的声调使它对主人产生了一种信任感。白牙充满了矛盾的心情和冲动。它犹豫不决，但它竭力控制着自己，内心里相互矛盾的两种感情搅在一起。它被折磨得快要粉身碎骨了。

它采取了妥协的做法。它只是耷拉着耳朵叫，立起鬃毛表示愤怒。但它既没咬，也没逃。斯科特的手继续往下伸，离它的头越来越近，触到了直立的毛尖。白牙继续往下缩着身子。主人的手跟着往下按。白牙边缩边颤抖，但它没有惊慌。这对它简直是折磨，忍耐着让手摸它。白牙在人手里遭受的虐待是不会很快就忘记的。但这是主人的意志，它必须屈从。

主人把手抬起来，又放下轻轻地拍拍，轻轻地抚摸，这个动作连续了好几次。每次手抬起时，它的毛就跟着立起。每次手拍它时，它的耳朵就耷拉下来，喉咙轻轻地哼着。它哼哼是警告主人：只要它受到伤害，它随时准备报复。谁知道主人内心里的动机什么时候暴露出来?他那温柔而又使它信任的声调随时会变成愤怒的吼声，他那轻轻拍着它的手随时会变成一把老虎钳扼住它的喉咙，然后任意惩罚它。

但主人仍是心平气和地跟它说着话，手一起一落轻轻地拍着它，并没有丝毫歹意。白牙心里存在两种矛盾的感情，这对它的本能来讲真不是滋味。这种感情束缚了它，违背了它追求自由的性格。然而，这轻轻的拍打并没有给它的身体带来任何痛苦，相反，它却感到很舒服。主人先是小心翼翼地拍打，后来是用手指在耳根周围揉搓，这使它越发感觉舒服。然而，它还是有些恐惧，它警觉地站着，随时准备着意外的灾祸。两种感情交替出现，它时而觉得难受，时而感到舒服。

"噢，我的天哪！"

马特从小木屋里走出来，挽着袖子，手里提着一桶洗碗脏水，刚要泼出去时，突然看见斯科特正用手拍着白牙的头。

白牙听见他的声音就往后缩，冲着他恶狠狠地叫。

马特用很不赞成的眼神看着斯科特。

"假如你不在意的话，我可以不客气地说，你是个十足的大傻瓜。"

斯科特自鸣得意地笑了笑，起身走到白牙跟前，继续安慰它，慢慢把手放在它的头上，轻轻拍打它。白牙一边忍耐着，一边用怀疑的眼睛看着站在小屋门口的马特。

"你是个一流的采矿专家，那没说的，"马特含含糊糊地说，"可是你小时候没投奔马戏团可是终生的遗憾。"

白牙听见他说话又叫了，但这次它没有后退，斯科特正在用手抚摸它的头和脖子哄它。

这象征着白牙的旧生活开始结束，仇恨开始消失。一个崭新的、更好的（尽管它还不能理解）的生活开始了。斯科特费了很多脑子，用了极大的耐心才取得了这样的成绩。对于白牙来说，这不亚于一场革命。它必须对本能的呼唤和理智的敦促听而不闻，置过去的经验于不顾，一反常规而行之。

它过去的生活经验不仅不容许它现在的所作所为，而且生活的大浪在迎头冲击着它现在的选择。简而言之，若将前前后后的经历综合起来考虑，它必须选定一个新的方向，而这个方向比它当初自愿从荒野来到人间并接受灰狸子作为它的主宰时所选定的方向更宽广。那时，它只是一个刚出生不久还未定型的小崽子，任环境将其塑造成什么形状都可以。但现在不同了。环境在它身

白牙叫了，就像主人死了时狗大声哀号一样。（见 172 页）

上做了一件漂亮的工作，它已经被塑造成一只坚强的"斗狼"，凶猛、顽强、残酷无情。在它身上产生的这一变化如同是一股逆流。当这个变化出现时，它已不再具有幼年时代的可塑性，全身的细胞已经变得坚韧强劲，全身的经纬已经把它编织成一个百折不弯的组织，它的精神和意志已经变成钢铁般的坚强，全部的本能和理智已有定规可循，它知道警惕什么，厌恶什么，它开始有了自己的欲望。

然而，在这个新的方向里，又是环境重新塑造了它，软化了它那已经形成的顽性，将它塑造成一种更好的形式。威登·斯科特就是这个环境的代表。他深入到白牙的心底，用"善良"调动了它那潜藏在心底的、濒临死亡的感情。这感情的集中表现就是"爱"。现在"爱"代替了"喜欢"——在它过去与人的交往中，"喜欢"是使它感到激动不已的最高的感情表现形式。

但是，"爱"的感情不是在一日之内产生的。它始于"喜欢"，又是在"喜欢"的基础上发展起来的。虽然白牙没有被链子拴着，但它没有跑，因为它喜欢这个新主人。这当然比生活在史密斯的笼子里要好得多，而且有一个新主人也是必要的，也是它的本性所需要的。当初它没有回到荒野，明知挨打仍然跑回灰狸子的身边，这足以说明它对人的依赖性。当那次漫长的灾荒过后，灰狸子的村子里又有了鱼可吃时，它又从荒野里回来，这再一次证明它对人的不可根除的依赖性。

因为它需要人，也因为在威登·斯科特和美男子史密斯之间，它更喜欢前者，所以它留了下来。为了效忠主人，它主动承担了保护主人财产的职责。当主人的狗睡觉时，它就在小木房子周围徘徊。当然，最初的夜间来访者在威登·斯科特出来解围之前，只能用棍棒自卫。不过白牙很快学会从脚步和举止分辨谁是贼谁是好人。若是来访者，总是脚步声音大，直冲着小木屋门口走去，然后主人开门接待他。虽然它警惕地盯着他，但他不管。而对那种走路蹑手蹑脚，在小木屋周围绕来绕去，鬼鬼祟祟地东张西望的人，白牙绝不客气，来者就会吓得赶紧逃跑。

威登·斯科特决心要解救白牙，或者说，把人类从在白牙身上所犯的错误中拯救出来。这是一个原则问题，也是一个良心问题。他觉得，白牙所受的虐待是人类对它欠下的一笔债，而这笔债必须偿还。所以，他要对这只斗狼表示友好。每天他务必用手拍拍它，拍很长时间，这是对它的爱抚。

一开始，白牙有些怀疑，有些敌对情绪，后来它慢慢地很愿意叫主人拍打。但是有一样，它始终没有停止过叫。从一开始拍打到结束，它不停地叫。但这叫声里有了不同的内容，陌生人是听不出来的。对于陌生人，它的叫声带有蛮荒的凶残，令其毛骨悚然。白牙的嗓音粗糙而且刺耳，这是自它幼年时代在洞穴里发出第一声沙哑的叫声起，多年来总是凶恶地嗥叫所造成的。现在它已无法改变它的嗓音来表达它内心所感到的柔情。然而，威登·斯科特的耳朵和同情心却能体察那几乎被表面的凶狠所掩盖的内容。那是一种微微流露出来的惬意，只有威登·斯科特才能听得出来。

随着时间的流逝，从"喜欢"到"爱"的演变在不断加快。

虽然在白牙的脑子里，它还不知道什么是"爱"，但它已经开始意识到爱。这种爱就像它心灵里的某种空虚，如饥似渴地呼唤着充实。那是一种痛苦和不安，只有主人的出现才能使其得到缓解。每逢主人出现，这种"爱"的感情就使它感到欢欣、激动和满足，但主人一离开它，这种痛苦和不安就重新出现，它的空虚感就又活跃起来，压迫它的心灵，使它陷入无限的渴望之中。

白牙正处于发现自我的过程。尽管它在年龄上已经成熟，它那残暴的野性已经塑就，然而，它的本性仍然在变化、在发展。它感到一种异样的感情和不寻常的冲动从内向外在膨胀，它过去所遵循的行为准则在变化。在过去，它喜欢舒适，不喜欢疼痛，并据此来规范它的行为举止。现在不同了。因为内心的这种新感情，它经常为了主人的缘故而情愿选择困苦和疼痛。每天早晨它不再东游西逛地觅寻食物，也不再躲在安全的角落里舒适地躺着，而是一连几个小时站在阴暗的门廊下等候主人出来。夜里主人回家时，它就离开自己用身体暖热的那块雪地，去听一听主人那清脆的弹指声和亲切的招呼声。哪怕不吃肉，它也要跟主人在一起，也要叫主人抚摸一下，或者跟着主人进城去。

"喜欢"已经被"爱"代替。"爱"已经在"喜欢"从未到达过的心底扎了根，在那里滋润生长。受之滴水，报之涌泉。这主人是一个真正的神，一个爱神，一个散发着温暖与光芒的神，在这光芒的照射之下，白牙的本性在开放，就像鲜花在阳光下开放一样。

但是，白牙不善于表达自己的感情。它已经老了，性格已经定型，不会用新的方式表达自己。它非常沉着冷静，安于独处。它早就养成了冷漠和忧郁的性格，对事常持保留态度。它有生以来从未汪汪叫过，现在也不会用汪汪叫来欢迎主人。它不会热情洋溢地或是傻里傻气地表达它的爱。它从来不跑上去迎接主人，总是站在一定的距离等着，但从不离开那里。它的爱带有崇拜的性质，一种无言的崇拜。它总是目不转睛地盯着主人的每一个动作，以此来表达它对主人的爱。有时主人看着它，跟它说话时，它也会作出一些很不自然的反应，那是因为它处于想表达自己的爱但又不知如何表达的矛盾之中。

它学会用许多不同的方式来适应新的生活环境。它知道，它不能欺负主人的狗，然而，它那永远要做统治者的性格总是要表现出来。首先，它要制伏它们，要它们承认自己的优越性和领导地位。实现了这个目标，它们就会规规矩矩。它在它们当中来来往往时，它们要给它让路；在它已经表明了自己的意志时，它们必须服从。

同样，它把马特当作主人的财产看待，因而，它对他也采取忍耐的态度。主人很少喂它，总是马特喂它，那是他的活儿。但是，白牙推测得出来，它吃的饭是主人的，主人是在间接地喂它。马特想把它套进挽具里，让它跟别的狗一起拉雪橇，但是他套不上。后来斯科特来给它套挽具时，它才明白，马特给它套挽具、让它拉雪橇，就和他套别的狗、让别的狗拉雪橇一样，那完全是主人的意思。

克朗代克雪橇底下装有滑铁，与麦肯兹雪橇不同，狗拉雪橇的方式也不同。狗不是像扇面一样散开，而是排成两行。在这里队长就是队长，队长是最聪明、最强壮的狗，其余的狗都怕它，都得听它的。白牙很快就当了队长，这是理所当然。不然的话，它是不干的。这一点马特很了解，因为白牙没少给他找麻烦。白牙是自己要当队长的。马特经过一次试验以后，坚决支持它的要求；虽然它白天拉雪橇，夜里还要保护主人的财产。它一天二十四小时保持警惕、忠于职守，是狗群里最有价值的狗。

"我可是有什么说什么，"有一天马特对斯科特说，"你这只狗买对了，钱没有白花。你不但把美男子史密斯打得鼻破脸肿，还占了他一个大便宜。"

斯科特灰色的眼睛放射出气愤的光芒，他咬牙切齿地说："那个畜生！"

到了春末，白牙有了麻烦。它亲爱的主人不见了，它事先也不知道。过去总是让它知道的，但它对这种事情不太了解。他们打点行李时，它不明白是为什么。后来它回忆起，他们每次打点行李之后，主人就不见了，但那时它也并没有怀疑。可是那天夜里，它等着主人回家，半夜刮起了冷风，它就到小木屋后面避风。它一边半醒半睡地打盹儿，一边竖起耳朵等着听主人熟悉的脚步声。它一直等到夜里两点，未见主人回来。它心里焦急，便起身来到前面寒冷的门口，卧在那里等着。

但是主人还没回来。早晨门打开时，出来的是马特，白牙眼巴巴地望着他。由于语言不通，它无法了解真情。时间一天天地过去，仍不见主人的踪影。一生没得过病的白牙现在生病了。

它病得很厉害，最后马特让它进了小木屋。马特在给斯科特写信时，在末尾专为白牙添了几句。

威登·斯科特在圆城收到马特的信，信中有这样一段：

"这只倒霉的狼现在不干活儿也不吃东西，一点精神也没有。别的狗都在欺负它。它想知道你怎么了。我也没办法告诉它。也许它快死了。"

正如马特所说，白牙现在不吃东西，无精打采，其余的狗对它可以为所欲为。它在小木屋里的火炉旁边卧着，不吃不喝，不理马特，对生活失去了兴趣。不论马特跟它柔情细语地说话，还是对它破口大骂，它都不理会，它只是抬起无神的眼睛看看他，然后又把嘴放在前爪上。

一天晚上，马特正在小声读着什么，突然白牙咕噜了一声，把他吓了一跳。白牙站起来，耳朵冲门口聚精会神地听着。过了一会儿，马特听见门外有脚步声。门开了，斯科特一步跨进来。两个人先握了手，然后斯科特朝小木屋的四周看。

"狼跑哪儿去啦？"他问道。

随后他发现了它，它正站在火炉旁边。它没有像别的狗那样跑过去，只是站在那儿看着，等着。

"我的天啊！"马特惊奇地喊道，"你看它摇尾巴的劲头儿！"

斯科特一边喊着它的名字，一边大步朝它走过去。白牙也朝他走过来，虽然不是蹿过来，但是走得很快。当白牙意识到自己的心情时，它有些不好意思。但是一到了斯科特跟前，它的眼睛里出现了异样的表情———一种难以言传的深情，像光一样闪射着。

"你不在家的这段时间里，它可从来没有这样看过我。"马特说。

斯科特没听见马特说话。他蹲下来，与白牙面对面，拍着它，抓它的耳根，抚摸它的脖子，用指关节轻轻敲它的脊梁，白牙就跟着叫，叫声里蕴含着一种不难体察的柔情。

不仅如此，它那内心的喜悦，它那潜藏于心底、挣扎着要表达出来的爱，终于找到了一个新的表达方式。它突然把头伸进主人的腋下，只露着两只耳朵。此时它不再叫，只是不停地蠕动着脑袋，沉浸在主人的归来给它带来的温暖和安慰之中。

斯科特和马特互相看着，斯科特眼睛里充满了激动的神情。

"我的天呀！"马特吃惊地喊了一声。

过了一会儿，马特情绪稳定下来，又说："我一直认为狼就是狗。你看看它！"

自从主人回来，白牙恢复得很快。它在小木屋里又待了两夜一天，然后就出去了。狗群已经忘记了它的威风，它们只记得它最近的情况———体弱有病，看见它从小木屋走出来，便一齐朝它扑上去。

"别客气，上！"马特站在门口看着，兴致勃勃地鼓动白牙，"别客气，狼狗，别客气！狠点！"

白牙用不着他鼓动，主人回来了，这就足够了。白牙很快又恢复了生命的活力———五彩纷呈、不屈不挠的生命力。它完全是为了乐趣而斗，通过斗争来表达它内心的感觉，而这种感觉是无法通过别的方式来表露的。斗争的结局只有一个，狗群无耻地四处逃窜，直到天黑才一个一个地偷着回来，卑躬屈膝地对白牙表示效忠。

自从学会把头伸进主人的腋下表示亲昵以后，白牙就时常这样做。这是它表达感情的最后一种方式，到头了。有一件事它特别忌讳，它讨厌有人摸它的头。这就是在它身上残存的野性，害怕被伤害、被愚弄，一旦有人摸它，它就惊慌失措。这是本能给它下达的命令，不许有人触摸它的头。现在，它把头伸进主人的腋下，这是它自愿使自己陷入不能自拔的境地，是对主人百分之百的信赖，无条件地向主人投降。它好像在说："我把自己交给你啦，请你随便吧。"

斯科特归来后不久的一天晚上，他跟马特就寝之前玩着纸牌。"十五个二，十五个四，一对儿得六分。"马特正在记分，突然听见外边一声大叫，接着是一阵咆哮。他们站起来，互相看了看。

"白牙咬人了。"马特说。

接着又是一阵因惊吓和疼痛而发出的嘶叫，他们加快了步伐。

"拿盏灯！"斯科特喊着蹿出门外。

马特手里拿着灯跟在后边。在灯光下，他们看见一个人仰卧在雪地里，两只胳膊交叉在一起，遮盖着脸和脖子，不让白牙咬着。他非得这样不可，因为白牙正在发疯似的朝致命的地方咬。

从肩膀到手腕这一段的外衣袖子、法兰绒衬衫和内衣袖子通通被撕成了碎片，胳膊也被咬烂了，正在流着血。

这个情景他们一眼就看清了。斯科特立即抓住白牙的脖子把它拽开，白牙仍然挣扎着，咆哮着，但是没有再去咬他。主人大喝一声，它才安静下来。

马特把那人从雪地上拉起来。当他把交叉着的手臂放下来时，露出了他那野兽般的面孔，原来是美男子史密斯。马特赶紧又松手把他放开，就像抓着一根正在燃烧的炭棒似的。史密斯在灯光下眨着眼睛四下张望，一看见白牙，立时吓得惊恐万状。

这时，马特注意到雪地上的两样东西。他用灯照着。用脚指给斯科特看，是一条铁链和一根大木棒。

斯科特点点头，没说什么。马特一把抓住史密斯的肩头，让他来了个向后转。尤须说一个字，美男了史密斯走了。

这时斯科特正拍着白牙和它说话："他要把你偷走，你不干，是吧？啊，他打错了算盘，对吧？"

"还以为他有多大的本事呢。"马特笑着说。

白牙仍然情绪激愤，耸着毛，不停地嗥叫；慢慢地，立起的毛平伏下去，那幽远而模糊的叫声又涌上它的喉咙。

第五章　驯服

一　南行

虽然没有具体的征候，但白牙已从气氛里感觉到灾难即将来临，它隐隐约约地意识到生活就要出现变化。不知道怎么回事，也不知道为什么，它从主人的身上感觉到，又要有事。主人不知不觉地把自己的秘密漏了出去。白牙虽然不进小屋，只在门口转悠，也知道了他们心里在想什么。

"你快听！"一天吃晚饭时，马特对斯科特说。

斯科特聚精会神地听，从门外传来一阵低微的哀鸣，好像从远处传来的刚好能听见的哭泣声。当白牙探明它的主人仍在小屋里，没有神秘地远走高飞时，它长长地嘘了一口气。

"我想白牙正在跟踪你。"马特说。

斯科特眼睛里带着恳求的神情看着马特，但听他说话的口气，并不想把白牙带走。

"我把一只狼带到加利福尼亚干什么？"

"我也这么想，"马特说，"你把一只狼带到加利福尼亚去干什么？"

马特这样说，斯科特仍不太满意。马特好像对此持不置可否的态度。

"白人的狗对付不了它，"斯科特继续说，"它一看见它们就会把它们咬死。即使它不因伤害罪被起诉而使我破产的话，当局也会把它带走处以电刑。"

"它是一个不折不扣的杀手，这我知道。"马特说。

斯科特怀疑地看着他。

"那可不行。"他斩钉截铁地说。

"那可不行，"马特表示同意，"那样的话，你得专门雇一个人看着它。"

斯科特的怀疑缓解了，他高兴地点点头。从门口又传来了那低微的类似哭泣的声音，打破了屋里的静寂，接着又是一阵鼻子寻觅时发出的喘息声。

"它很想你，这是不能否认的。"马特说。

斯科特气呼呼地瞪着他说："去你的吧，伙计！我了解我自己，我也知道该怎么办！"

"我同意你的意见，只是……"

"只是什么？"斯科特厉声问道。

"只是……"马特开始想心平气和地解释，后来他也生气了，"你用不着跟我发火。看你这个样子，你并不了解你自己。"

斯科特略迟疑了一会儿，然后很温和地说："你说的对，马特。我并不了解我自己，我的毛病就出在这儿。"

过了一会儿，斯科特突然又说：

"可是，我若把它带走那就太荒唐了。"

"我也是这么想。"马特说。斯科特对他的说法仍然不满意。

"但是，它到底是怎么知道你要走呢?我真不明白。"马特莫名其妙地说。

"我也闹不清，马特。"斯科特摇着头发愁地说。

这一天终于到来了。白牙从敞开的屋门看到那要命的行李袋放在地上，主人正往里面装东西。还有，人们出出进进，原先宁静的小木屋变得骚乱不安，很奇怪。已经有了确实的迹象，白牙已经感觉到了。经过分析，它断定主人又要出远门。从前主人没有带它出去过，看来这次又要把它丢在家里。

那天夜里，它又大声长嗥起来，就跟那次它从荒野里回来，发现村子不见了，灰狸子的帐篷所在的地方堆满了破烂一样，它现在正仰起头对着寒星诉说它的悲哀。

斯科特和马特刚刚上了床。

"它又不吃食了。"马特躺在床上说。

斯科特哼了一声,身上的毯子动了一下。

"从上回你走了以后它停食的情况看,这回它非饿死不可。"

斯科特身上的毯子又动了动,他不耐烦了。

"哎呀,你住嘴吧!"斯科特在黑暗中喊道,"你比女人还啰嗦。"

"你说的很对。"马特说。斯科特不知道他是否在讥讽自己。

第二天,白牙显得更加焦躁不安。只要主人离开小木屋,它就形影不离地跟着;他在屋里时,它就死守在门口。门开时它能看见放在地上的行李,除了那个皮袋子,还有两个帆布袋子和一个箱子。马特正用一块防水帆布把主人的毯子和一件皮衣裹起来。白牙在门口边看边呜咽。

过了一会儿,又来了两个印第安人。他们扛着行李,马特扛着铺盖和皮袋子往小山坡下走的时候,它目不转睛地盯着他们,但它没有跟着去。主人还没有走。又过了一会儿,马特回来了。主人出来把白牙叫进屋里。

"你个可怜鬼,"他低声说,用手揉搓它的耳朵,敲它的后背,"我要出远门啦,老家伙,我不能带你去。叫一声吧,最后叫一声跟我告别。"

但白牙不叫。它用充满了渴望和探求的神情看了主人一眼,然后一头扎进他的腋下。

"汽笛响啦！"马特喊道。育空河上传来了汽船的吼声。
"快点吧。别忘了把前门锁上。我从后门出去。快点吧。"

前后门同时砰的一声关上了，斯科特等着马特绕到前边来。
从小木屋里传出一阵呜呜咽咽的声音，然后又是一阵深深的喘息
声。

"你要好好照料它，马特，"他们走下小山坡时斯科特说，
"写信时说说它的情况。"

"一定。"马特回答，"可是你听！"

他们同时停住脚步。白牙叫了，就像主人死了时狗大声哀
号一样。它的叫声从空中阵阵传来，颤抖着消失在远方，一声刚
完，一声又起，让人感到心酸，让人感到凄凉。

奥罗拉号是那年第一只往外开的汽船，甲板上挤满了发迹的
冒险家和破产的淘金者。当初他们疯了似的涌进来，现在又疯了
似的离去。斯科特正跟马特在跳板旁握手告别，马特紧握着的手
突然松了下来，眼睛直往斯科特身后看。斯科特转过身，发现白
牙正坐在不远的甲板上看着他们，眼睛里充满了恳求和期望。

马特小声骂了一句，语气里透露出一种敬畏的心情。斯科特
只是看，不知道这是怎么回事。

"你锁上前门了吗？"马特问。

斯科特点点头。

"后门呢？"他问马特。

"当然锁了。"马特答道。

白牙把耳朵耷拉下来表示讨好，但它只是待在原地，并没有向他们走过来的意思。

"我得把它带回去。"

马特朝白牙走过去，但它躲开了。马特追它，它就在人们的腿底下穿来穿去。一会儿低下身子，一会儿转个弯儿，一会儿往回跑，在甲板上转来转去，叫马特逮不着。

可是斯科特一开口，白牙立即顺从地走过来。

"我亲手喂了它好几个月也叫不过来它，"马特不高兴，嘟囔着说，"而你呢，从认识它的第一天起你就没喂过它。我真不明白，它怎么就知道你是它的主人呢。"

斯科特正在用手拍着白牙，突然低头仔细看时，发现白牙的鼻子上有新划破的口子，眉宇间有一道伤痕。

马特弯下身子用手摸摸白牙的肚子。

"我们忘记窗户了，肚皮都划破了。一定是顶碎了玻璃钻出来的。天哪！"

斯科特没有听见他说话，他得赶快拿定主意。奥罗拉号的汽笛已经响了最后一遍，立即就要起航。送行的人们从跳板回到岸上。马特把自己的围巾摘下来围在斯科特的脖子上。斯科特抓住他的手。

"再见吧，老伙计。关于这只狼的事，你不必写信啦。你看，我已经……"

"什么！"马特大声叫了起来，"你的意思难道是……"

"这就是我的意思。把你的围巾戴上吧。我会写信告诉你有关它的情况的。"

马特在跳板中央停住。

"那儿的天气它受不了！"他回过头来喊道，"除非天热的时候你剪掉它的毛！"

跳板撤了，奥罗拉号离岸了。斯科特最后挥手告别，然后转身站在白牙旁边，弯下身子对它说：

"叫，鬼东西，叫呀！"他边说边拍着它那反应敏感的头，用手揉搓它那耷拉下来的耳朵。

二　在南方

白牙乘汽船来到旧金山以后，它惊呆了。它从前总是把力量和人联系在一起，这种本能的联系无须推理，也不是有意识的联想。当它走在旧金山泥泞的人行道上，它觉得白人从来没有像现在这样神奇。高楼大厦代替了它熟悉的木房子；街道上到处是危险的东西——马车、汽车；高大有力的马拉着巨大的平板车；电车沿着可怕的电缆轰隆隆铛啷啷在街道中间来回奔跑，像北方树林里的大山猫一样可怕。

所有这些都是力量的表现。人通过这力量，很久以来就以他对世界的主宰地位进行统治和控制来显示自己。这力量是巨大的，惊人的，白牙感到愕然、恐惧。小时候它第一次从荒野来到灰狸子的村庄时，它感觉自己很弱小。现在虽然已经成年，身强力壮，它还是觉得自己很弱小。而且这里有这么多人！拥挤的人

白牙和考利在树林里肩并肩地跑着……（见 196 页）

群把它弄得头晕脑涨，街道上的隆隆声沉重地撞击着它的耳膜，川流不息的人群车马使它感到茫茫然。现在它比任何时候都更需要依靠主人。它紧紧跟在主人的身后，无论如何也要目不转睛地盯着他。

更加可怕的一幕在等着白牙。那像一个荒诞恐怖的噩梦缠绕了它很长时间。主人把它放在一辆行李车里，用链子锁在一个角落，和一大堆提包箱子混杂在一起。有一个强壮的矮胖子在这里作威作福，把箱子从门口拽进来，乱扔一通，叮咚山响，有时又把箱子从门口扔给在外面等着的人们，箱子被摔得裂的裂，碎的碎。

白牙被主人遗弃在这可怕的行李堆里，至少它认为它是被遗弃了。后来，它闻出身旁的帆布袋子是主人的，才警惕地把箱子看管起来。

"你来得正好，"一个小时以后，斯科特来到行李车门口，那个矮胖子抱怨说，"你的那只狗不许我碰你的东西。"

白牙从行李车里出来时，它惊奇了。可怕的城市已不复存在。行李车就像一间屋子，它刚进来时，这屋子是在城市里。现在城市不见了，城市的喧哗声也已消失。展现在它面前的是一片欢笑的土地，阳光明媚，静谧安宁。但它没有时间去领略这个变化，它接受了这个变化就像它接受了人的不可思议的行为一样。人就是这样的。

一辆马车停在那儿。一男一女朝主人走来。女的伸出臂膀搂住主人的脖子——不好，主人有危险！它立即像中了魔似的愤怒地叫起来。斯科特离开那女人来到白牙身边。

"没事的，妈妈，"斯科特一面抱住白牙安抚它，一面对母亲说，"它以为你要害我，所以它不干了。不要紧的，不要紧的。很快它就会明白的。"

"那么，我得等这狗不在跟前时才能拥抱我的儿子了。"母亲笑着说，吓得脸色发白，浑身发软。

她看着白牙，它仍在怒冲冲地嗥叫，满脸凶相。

"它会明白的，一定会的，用不了多久。"斯科特说。

他轻声跟白牙说话，白牙才慢慢安静下来。然后，斯科特用不容置疑的口吻命令说：

"躺下，先生，你给我躺下！"

斯科特早已教会它服从这个命令。白牙勉强躺下，满脸不高兴。

"现在可以了，妈妈。"

斯科特朝妈妈伸出胳膊，眼睛盯着白牙。

"躺下！"他再次警告它，"躺下！"

白牙没有叫，但颈上的鬃毛已经立起，刚刚欠起身子又躺下去了，眼看着他们再重复刚才的危险动作。但主人并没有出事，后面那个男人搂住主人时也没出事。然后，他们把行李搬到车上，那两个陌生人和主人一起上了车，白牙跟在后边，一会儿警惕地跑几步，一会儿冲着拉车的马立起鬃毛，提醒它们当心。只要有它在，坐在马车里的主人就不能出事。

十五分钟以后，马车拐进一道石门，后又奔驰在枝叶搭接在一起的两排核桃树中间。树两旁是大片的草坪，远处立着枝干粗壮的橡树。前面不远的地方，是一片晒成棕褐色和金黄色的干草场，与附近精心管理的绿草形成鲜明的对照。再往前，是分布在小山坡和高地上的黄色牧场。在草坪边上，坡谷里第一个隆起的地方是住宅，高高的门廊，门廊两侧是一排排的窗户。

白牙根本没来得及欣赏这个景致。马车刚一开上这片土地，它就被一只牧羊犬拦住。那犬长着雪亮的眼睛，尖尖的鼻子，理直气壮、气势汹汹地站在主人和白牙之间。白牙没有叫，怒气冲冲地一跃而起蹿了过去，但它突然停住了，绷着两条前腿，差点坐在地上，才止住了它全身的惯性。它不喜欢与对方的身体相接触。况且，那是一只雌性牧羊犬。根据狗的规矩，雄性不能攻击雌性。若要向它进攻，就违背了自己的本能。

但牧羊犬却不是这样想。作为一只雌性犬，它没有这种本能，而且，对于野生动物，特别是对于狼，它有一种本能的警惕性。它把白牙看作狼。自从它的先祖放牧羊群的时候起，狼就掠夺羊群，狼是世袭的强盗。所以，当白牙为了避免和它接触而停止进攻时，它趁势扑上来。在它咬着白牙的肩膀时，白牙情不自禁地叫了起来，但它没有进行反击。它绷着腿往后退，成心跟它兜圈子。它左躲右闪，盲目地绕来绕去。可不管它往哪里跑，牧羊犬总是挡住它的去路。

"过来，考利！"那个陌生男人在车里喊了一声。

斯科特笑了。

"不要紧的，爸爸，这是挺好的训练。反正白牙有好多事情要学，不妨让它现在就开始。它会慢慢适应的。"

马车继续往前走，牧羊犬还是在前面挡着白牙。白牙想离开车道绕着草坪跑，把它甩开，但是它在内侧绕着小圈跑，死死跟着它，亮出它那两排光闪闪的大牙。白牙跑回来，穿过车道跑到对面的草坪里，但考利还是不让它靠近。

马车拉着主人走远了，白牙看见马车消失在树林里。糟啦！它又绕着圆圈跑，牧羊犬紧跟不舍。忽然间，白牙杀了个回马枪，这是它惯用的战术。它肩对肩地正面进攻，牧羊犬被撞翻。因为它追白牙时跑得很快，在地上连滚带爬地打圈圈，用爪子抓地上的石子想停止滚动，尖声叫着。它的自尊心受到伤害，它气愤地哭了。白牙没有等它。现在路上没有阻挡了，正是它求之不得的。牧羊犬起来追它，边追边叫。前面是一条直通大道。若论跑，白牙可以当它的老师。牧羊犬使足全身的力气，拼命地跑，歇斯底里地跑，看得出，每跑一步都很吃力，而白牙在前面跑得很轻松，就像鬼魂似的滑行，离它越来越远。

当白牙来到院子大门口时，马车也刚到，主人正从车上下来。这时白牙仍在全力奔跑，突然发现一只大猎犬从侧面朝它扑过来。白牙想掉过头来面对着它，可是跑得太快，猎犬又离得太近，猎犬一跃扑在它的肋上，白牙毫无准备，再加上它往前的冲力太大，被撞倒了，在地上打了一个三百六十度的滚儿。它站起来以后，立即露出一副凶恶的面孔，耳朵往后夺拉着，嘴唇和鼻子皱成一团，牙齿咯的一声响，差一点咬住猎犬柔软的喉咙。

斯科特赶紧跑过来，可是他离得太远，还是考利救了猎犬的命。白牙正要反身一口咬死猎犬时，考利追上来了。它刚才被白牙甩掉，远远落在后面，从石子路上连滚带爬，像一阵旋风似的跑来，又气又急，心中充满了对这个来自荒野的强盗的仇恨。白牙刚刚跃起，考利从侧面猛扑过去，把白牙扑倒在地上，白牙又打了一个滚儿。

斯科特过来把白牙拉开。他的父亲把另外两只狗也叫开。

"我说，这可是一个挺热烈的欢迎大会，迎接这个来自北极的孤独的狼。"主人一边抚摸着白牙一边说，这时白牙已经安静下来，"它有生以来只摔倒过一回，在这儿，不到半分钟，它已经打了两个滚儿。"

马车走了，别的人从房子里出来。有几个人站在一旁看，两个女人搂住主人的脖子，重复那个危险的动作。可是，白牙容忍了，看来并没有什么危险。当然，人们吵吵嚷嚷的声音也没有使它感到威胁。这些人对白牙也很友好，可是白牙冲他们叫了一声，警告他们躲远点，斯科特也告诉他们暂别靠近它。白牙依着主人的腿站着，主人亲切地拍着它的头。

猎犬随着一声"狄克，躺下！"的命令便上了台阶，卧在门廊的一侧，嘴里仍在哼哼，忧郁的眼睛一直盯着这位不速之客。一个女人把考利拉到一旁，搂住它的脖子，用手拍着它的头。看来它很焦虑，很气愤，不知道主人为什么允许一只狼待在这儿。它敢说，主人们犯了一个错误。

主人们走上台阶回到房子里，白牙紧紧跟在斯科特身后。门廊上的狄克在叫，正走上台阶的白牙也怒气冲冲地叫。

"把考利带进去，让它们两个打，看谁胜谁负，"斯科特的父亲建议说，"打完了就成朋友了。"

"那么，为了表示友好，白牙就会在狄克的葬礼上当主祭啦。"斯科特笑着说。

老斯科特用怀疑的眼睛看看白牙，又看看狄克，最后看了看他的儿子。

"你认为会那样吗？"

"是的，一点不错。"斯科特点点头说，"用不了一分钟，狄克准完蛋——最多不过两分钟。"

他转向白牙："来吧，你这只狼，该你进去啦。"

白牙绷着两腿竖起尾巴上了台阶，过了门廊，眼睛盯着狄克，防备它冷不防从侧面攻击。同时也警惕着，说不定从这生疏的房子里随时会跳出凶恶的东西。可是没有任何凶恶的东西跳出来。来到房子里面以后，它小心四顾，仔细搜寻，什么也没看见。它这才放心地舒了口气，躺在主人的脚下，注视着周围的动静，随时准备跳起来为保卫生命而与危险作战——它觉得危险就潜藏在这房子陷阱般的屋顶下。

三 人的领域

白牙本来就有适应性，而且，它到过很多地方，它知道，适应是必要的，也知道适应意味着什么。在这个叫作谢拉·维斯塔的属于法官斯科特的地方，白牙很快就习惯了。那些狗再没有跟它找麻烦。它们比白牙更了解南方人，既然主人允许它进到房子里，说明它已经有资格在这儿待下去。尽管它是狼，尽管这种事前所未有，可主人们还是让它留下来。作为主人的狗，它们也只好作罢。

开始时，狄克放不下架子，后来也只好把白牙当作这个家的一个新成员。看狄克的态度，它们是可以成为好朋友的，但白牙不想交朋友。它对它们只有一个要求，不要打扰它。它一生离群索居，现在还希望这样。狄克的友好表示使它心烦，它总是叫着把它赶走。早在北方时它就懂得要跟主人的狗划清界线，现在它还牢记着这个教训。它坚持独来独往，不理睬狄克。最后，脾气随和的狄克只得算了。只当它是马厩里一根拴马的木桩，不理它。

考利却不这么想。它是因为不敢违背主人的命令才容许白牙待下来，但它绝不叫白牙得安宁。它全身的每一个细胞都记得，白牙的先辈曾犯过无数的罪行，那些被它们毁坏的羊圈它永生难忘。这些对它是一个很大的刺激，激励着它对它们进行报复。虽然它不敢违背主人的意志，但主人的意志却无法阻止它以微妙的方式给白牙增加烦恼。它们之间有着世代冤仇，而它，虽然是单枪匹马，也得提醒白牙不要忘记过去。

所以，考利依仗自己是雌性，对白牙态度很粗暴，故意跟它找碴儿。由于本能的约束，白牙不能对它进行攻击，但考利三番五次挑衅又使它无法回避。当考利冲上来咬它时，它就把长满厚毛的肩头转给它，然后大模大样地走开。当考利相逼太甚时，它就掉过头去，转着圆圈跑，眼睛里露出无可奈何的神情。有时屁股上挨了一口，它就赶紧快逃，样子很是狼狈。但在一般情况下，它总是保持自己的尊严和庄重。只要有可能，它总是躲着考利，只当考利不存在，每次看见或听见考利走来，它就躲开。

在这里，白牙要学的东西很多。和北方简单的生活比起来，谢拉·维斯塔的情况复杂得多。首先，它得了解主人的家庭。这一点，它是有思想准备的。在北方，米萨和克鲁库奇属于灰狸子，他们和他一起吃一起住，现在，在谢拉·维斯塔，所有成员都属于他的主人。

在这方面，两者是有区别的，而且区别很大。在谢拉·维斯塔比在灰狸子的帐篷里事情多，有很多人需要考虑进去。这里有法官斯科特和他的妻子，有主人的两个妹妹贝思和玛丽，有主人的妻子艾丽斯，有他的孩子威登和莫德，他们俩都还是蹒跚学步的孩子，一个四岁，一个六岁。没有谁能给它介绍这些人的情况，他们之间的血缘关系它一无所知，永远也不可能知道。可是它很快就看出来，他们都是属于主人的。后来它通过观察他们的言谈举止，慢慢发现他们和主人之间的亲近程度，并以此来决定对他们采取不同态度。凡是主人重视的，它就重视；凡是主人珍惜的，它也视为珍宝而精心保护。

对待那两个孩子，它也采取同样的态度。对于小孩的手，它既恨又怕。印第安小孩儿们的专横和残忍没有给它留下好印象。威登和莫德第一次朝它走来时，它就瞪着凶恶的眼睛汪汪叫，警告他们。只要主人打它一巴掌或是喝它一声，它就忍着性子让孩子们抚摸它，嘴里不停地叫着，但叫声里没有一点温情。当它注意到主人视孩子如掌上明珠时，它就让他们用手拍它，当然，主人也就无须打它或训斥它。

然而，白牙从不过分流露感情。它以潇洒的姿态屈从于孩子们，虽然有时很痛苦，但它是诚心诚意的。它像忍受疼痛的手术一样，允许孩子们跟它胡闹。它忍受不了时，就毅然起身走开。可是没多久，它开始喜欢这些孩子了，但还是不露感情。它不主动到他们跟前去，而是等着他们走过来。再后来，见他们过来时，眼睛里便微露喜色；他们离它而去另寻开心时，它就遗憾地望着他们的背影，心想，他们为什么要走呢？

这有一个发展过程，而且需要时间。继孩子之后，法官斯科特引起它的注意。可能有两个原因。第一，很显然，他是主人的宝贝；第二，他总是不露声色。每当老斯科特坐在宽敞的门廊里读报时，总是不时朝它看上一眼，有时还跟它说句话——这说明他对白牙的存在是认可了。因此，白牙愿意在他身边卧着。当然，这是说主人不在的时候，一旦主人出现，它的眼里就没有别人了。

白牙允许这个家里的人抚摸它，但它从不像对待主人那样对待他们。不论他们怎样抚摸，它也不会发出那种含有温情的叫声，也不会在他们身上亲昵地撒娇。它只对主人才表示这种完全的屈从和绝对的信赖。事实上，它认为这个家里的人们只不过是主人的财产而已。

白牙很快就会区分谁是这个家的成员，谁是这个家的仆人。

仆人总是害怕它，其实它不攻击他们，因为它认为，他们只是主人的财产，它和他们只保持中立关系。他们给主人做饭、洗碗、做各种家务，和当初马特在克朗代克所干的活儿一样。一句话，他们是这个家庭的附属品。

至于家庭以外的事情，白牙要学的就更多了。主人的庄园既宽广且复杂，然而，它毕竟有个界线。庄园的土地一直延伸到县公路的边缘，再往外就是纵横交错的公路和街道——那是公共领地。那些用栏杆圈起来的地方是属于别人的。关于土地以及与土地有关的事情，很多法律都有明文规定，可惜它听不懂人们说话，也没有别的办法可学，只有凭经验判断。它听凭本能的支使，但也有与法律相悖的时候。碰过几次壁之后，它就记住了这条法律，此后便遵照执行。

但是，还是主人的手和主人的话对白牙的教育最大，因为它深深地爱着主人，主人打它一巴掌它就觉得很疼，比灰狸子和史密斯给它的任何惩罚都疼。他们只能使它的皮肉感到疼痛，而它的精神仍然振奋激扬、不可战胜。虽然主人打得很轻，并不疼，但对它的刺激却很深。主人打它说明对它不满，因此，白牙的精神就像霜打的花朵一样，变得委靡不振。

事实上，主人很少打它。只要对它吆喝一声就足够了，白牙也就知道自己错了，从而纠正自己的行动，端正自己的行为。主人的一声吆喝就像罗盘一样，为它指示方向，使它学会如何适应新的生活环境。

在北方，狗是唯一被驯化的动物。别的动物都生活在荒野里，而且，除了那些十分厉害的外，都是狗的猎取对象。过去，白牙在动物身上寻觅食物，它从未想到，在南方情况会完全不同。这一点，它来到圣克拉拉谷之后不久便领教了。它早晨在房角溜达时碰见一只鸡从圈里跑出来，就其本能，白牙是要吃它的。它三蹿两跳，只听一阵咯咯乱叫，早把这只倒霉的小鸡叼在嘴里。这是一只农家饲养的鸡，又肥又嫩，白牙连碎渣都舔得一干二净，心想，这可真是一顿美餐。

那天晚些时候，它在马厩附近又碰上一只迷路的小鸡。一个马夫跑过来救那小鸡，他不了解白牙的底细，只拿一个小鞭子赶它。他刚一扬鞭子，白牙放弃小鸡奔他来了。他若是拿一根木棒赶它倒还可以，鞭子是无济于事的。马夫抽第二鞭时，白牙没有退却，它一声不响，直冲马夫的喉咙扑过去，马夫惊呼一声"我的上帝！"跟跟跄跄往后退了好几步，慌忙放下鞭子，用胳膊护住脖子。结果，白牙咬住了他的小臂，一直咬到骨头。

马夫吓坏了。这主要不是因为白牙凶猛，更主要的是它的突然袭击使他惊慌失措。他一边用流着血的胳膊捂着脖子和脸，一边往牲口棚里退。这时若不是考利出来，马夫就麻烦了。考利曾经救过狄克，现在它又救了马夫。它气疯了，直奔白牙冲过去。考利当初是看对了，它比那些粗心大意的主人还聪明。它从前的疑心现在得到了证实：这个家伙自古以来就是强盗，现在又来耍老花招。

马夫逃回马厩，考利张着大嘴追白牙，白牙转着圆圈跑，有时把肩膀转向它。按照考利的习惯，它追赶一阵之后就会停下来，可是，这次它无论如何不肯罢休。相反，它越追越带劲，越追越有气。最后，白牙也顾不得自己的尊严，干脆，越过田野逃之夭夭。

"要让它懂得不再打扰小鸡，"斯科特说，"非得等我当场把它提着才行。"

两天以后，白牙来杀鸡了，但这次它杀鸡的规模比主人预料的要大。它一直在注视着鸡圈的情况和鸡的生活习惯。晚上，等鸡进了窝，它就爬上刚拉来的一垛木材，从那里跳到鸡窝顶上，越过一根横顶杆，再跳到鸡圈的地上。然后，大屠杀便开始了。

次日早晨，主人来到门廊，马夫早已把五十只白色母莱亨鸡排成一行摆在那里。他轻轻吹着口哨，最初有点惊奇，后来简直就有点钦佩了。白牙也在那里，但它既不惭愧也不内疚，反而很自豪，好像它战功卓著，应该受到嘉奖，根本没有意识到它已经犯了罪。主人咬紧嘴唇，决心完成一个不愉快的使命。他开始用粗暴和气愤的语气跟仍然蒙在鼓里的罪犯谈话。他按着白牙的头，让它闻被它咬死的鸡，同时用力打它。

从那以后，白牙再不敢冒犯鸡窝。它已经认识到，那是犯法行为。后来主人把它带到鸡圈里，欢蹦乱跳的活食就在它鼻子底下跑来跑去，出于本能，它立即要扑它们，主人一声吆喝制止了它。主人领着它在鸡圈里转悠了半个时辰，它受本能的驱使，一次又一次地想扑上去，但每次都被主人制止。就这样，它懂得了这条法律。就在当天还未离开鸡圈时，它对鸡就已经不大理会了。

那天吃午饭时，斯科特把教训白牙的经过告诉父亲，父亲忧郁地摇着头说：

"一旦狗养成了吃鸡的习惯，并且尝到了血腥味儿，是没办法治的……"说完仍不断地摇头。

斯科特不同意父亲的看法。

"你等着瞧吧，"最后，他打赌说，"我要把白牙跟鸡一起锁起来，锁它一个下午。"

"可是，你想想那些鸡会如何呢？"老法官说。

"而且，"斯科特接着说，"它每杀一只鸡，我赔你一块金币。"

"但是，你也要罚父亲点什么。"贝思插了一句。

玛丽支持她的建议，饭桌上的人异口同声表示同意。老法官点头说："可以！"

"好吧。"斯科特想了一会儿说，"如果一个下午过去了，白牙没伤害一只鸡，你就得对它说：'白牙，你比我想象的还聪明。'平均十分钟一句，一个下午有几个十分钟就说几次，要严肃认真地、一个字一个字地说，就像你在法院里宣读判词一样。"

全家人都躲在暗处观察，但是他们输了。斯科特把白牙锁在鸡圈里之后，白牙就躺下睡了。它起来一次，那是去水槽喝水。对周围的鸡它毫不理会，就像周围没有鸡一样。下午四点左右，它跑着跳到鸡窝顶上，从那儿跳到外边的地下，然后一本正经地走回来了。它现在已经懂得这条法律。全家人欢欢喜喜地聚在门廊里，老法官对着白牙的脸说："白牙，你比我想象的还聪明。"他严肃认真地、字字清晰地说了十六遍。

但是各种各样的法律太多了，把白牙搞糊涂了，有时弄得它很难堪。它必须知道，别人的鸡它也不能动，还有猫、兔子、火鸡，也不能动。实际上，在它刚刚懂得一点法律时，它就意识到，所有的活物它都不能吃。在房后的牧场里，鹌鹑可以在它眼皮底下拍打着翅膀，依旧安然无恙。虽然它总是有一种迫不及待的扑食的欲望，有时紧张得全身发抖，但它还是控制自己的冲动，在各种诱惑面前泰然处之。它这是在遵从主人们的意志。

有一天，在房后牧场上，它看见狄克追逐一只长耳兔。主人不管，只是站在一旁看。不仅如此，他还鼓励白牙也去追。由此它得出结论，追逐长耳兔是不受任何限制的。最后，它对法律有了一个全面的认识，它和驯化的动物之间不应有任何敌对情绪，如果不是友好，至少也应保持中立。可是像松鼠、长耳兔以及北美小兔之类的动物都是野生的，它们对人不曾有过忠诚，因此是狗的合法捕猎对象。主人只是保护驯化的动物，不允许它们之间有势不两立的现象存在。主人们有操纵动物生死的威力，他们很重视这个威力。

在北方过惯了简单的生活，圣克拉拉谷的生活就显得很复杂。微妙的文明世界要求它自我控制、自我克制，保持平衡，这种平衡犹如微微颤动的纱翼一样纤巧，又如铁一般僵硬。生活是千变万化的，白牙觉得它必须适应各种变化，因此，进城时，去圣何塞时，它就跟在马车后边跑；马车停下来，它就在街道上转悠。丰富多彩的生活像一条又深又宽的河从它身边流过，触及它的各种感官，它必须永无止境地进行自我调节，并立即作出反应，几乎每时每刻都得扼制本能的冲动。

肉铺里挂着的肉它一抬头就能吃到，但那里的肉它不能碰。房子里的那些猫，主人常去看，它也不能惹。到处都有狗冲它汪汪叫，但它不能反击。还有，便道上无数的行人在注意它，他们总是停下来指手画脚地说它，仔细地观察它，跟它说话。更糟糕的是，总有人用手拍它。让这些陌生人用手拍是很危险的，但它也得忍受着。然而，它忍受过来了，而且，它对此不再感到窘迫，不再过于敏感。它以豁达的态度来正视这些陌生人对它的注意。人们注意它是抬举它，它以同样的态度接受他们的抬举。从另一方面说，在它身上有一种东西阻止人们和它混得太熟，人们只是拍拍它的头，然后就匆匆过去了，好像对他们自己的勇敢行为还很满意。

但这对白牙并不是一件容易的事情。它在圣何塞的郊外跟着马车跑时，一些男孩子用石头砸它。它知道，法律不允许它追他们、咬他们。在这种情况下，它只得委屈它那自卫的本能，因为，它正在被驯化，正在变成文明世界里的一个合格成员。

然而，白牙对于这种状况并不十分满意。至于什么是正义，什么是公平，它还没有这个概念。可是，在生活中，它多少能体察出来什么是公正。正是这种体察使它认识到，那些男孩子用石头砸它，而它又不能进行自卫，这实在不公平。但它忘记了，它和主人们之间曾有过契约，他们曾许诺要关心它、保护它。有一天，主人跳下马车，手里拿着鞭子，把那些扔石头的孩子们狠狠抽了一顿。从那以后，他们再没有扔过石头。白牙这才明白，心里满意了。

还有一件类似的事情。有一回，它跟着主人进城，在十字路口的一家酒店门前碰见三只狗，一齐朝它扑过来。主人因为了解它那置敌于死地的格斗方式，不断提醒它不要理睬它们。白牙牢牢记住这条法律，每次经过酒店时它总是忍着。每次它们一进攻，白牙一叫就把它们吓住了，可是它们仍然跟在后边直汪汪，肆无忌惮地侮辱它，即使如此，它还是忍着。酒店门口的人甚至怂恿这几只狗进攻白牙。有一天，他们公开激励这三只狗向白牙宣战。主人把马车停下了。

"去！"他对白牙说。

白牙不敢相信自己的耳朵。它看看主人，又看看那几只狗，然后又回过头来急切地看看主人，好像是让主人再肯定一次。

主人点了点头："去，老伙计，把它们吃了。"

白牙不再犹疑。它一声未响，转身朝那几只狗冲过去。三只狗面对着它，张着大嘴汪汪乱叫，又蹦又跳。街上尘土飞扬，四只狗在尘埃中混战，滚作一团。几分钟之后，两只狗已经倒在尘土里垂死挣扎，第三只撒腿跑了。它跳过一道小沟，越过一个栏杆，穿过田地跑了。白牙跟在后边，一声不响地一溜烟追了上去，在田中央把那只狗撂倒，然后将它干掉了。

咬死这三只狗之后，再没有狗跟它找麻烦。消息传开，山谷里的人们加了小心，从此不许他们的狗惹这只斗狼。

四 同类的召唤

几个月过去了。在南方无事可做，但食物很充足，富裕的生活使得白牙心悦体胖。在生机勃勃的南方，它并不感觉孤单。人们的善良就像照在它身上的阳光，而它则像植根于沃土之中的花朵，苗壮成长。

然而，它跟别的狗毕竟不同，它比那些没见过世面的狗更懂法守法。但是，在它身上仍隐藏着凶恶的阴影，仍萦绕着荒野的气息，只是它的狼性暂时处于休眠状态。

它从不跟狗交朋友，虽然在别的狗看来，它的生活不免孤独，它还是按照它的方式生活。它小时候常受唇唇和小狗们的迫害，史密斯也总逼着它参加斗狗，它对狗产生了一种嫌恶的心理。因此，它改变了自己本来的生活道路——远避同类，而亲近人类。

再者，南方的狗总是对它怀有戒心。它的到来唤醒了它们对荒野的本能的惧怕心理，它们见了它就叫，就恨，就要跟它打架。白牙很清楚，它无须用牙齿咬它们，只要它一张嘴，露出它的白牙就行了，就能把汪汪乱叫、跃跃欲试的狗吓回去。

但是，有一只狗使它非常恼火，就是考利，考利一分钟也不让它安宁。它不像白牙那样守法。主人老想让它跟白牙交朋友，但它对此全然不予理睬。白牙的耳朵里总是响着考利那尖利的叫声，弄得它精神很紧张。考利始终忘不了白牙曾咬死过一只鸡，总认为它存心不良。考利先入为主，对白牙抱有成见。真是讨厌，它像警察跟踪罪犯似的盯着白牙，总是围着马厩跟它转来转去。白牙哪怕只是好奇地瞥一眼身旁的鸽子或鸡群，它就愤怒地大嚷大叫。白牙不理它，最好的办法就是躺在地上，把嘴放在前爪上，假装睡觉。考利也就只好干瞪眼，无话可说。

若不是考利捣乱，白牙一切都很好。它已经学会自我控制，泰然处事，而且也懂得法律。它做到了沉着、镇静和宽宏大度，它所在的环境里不再有敌意，周围也没有危险，没有伤害和死亡的威胁。陌生世界的恐怖曾时时威吓着它，现在已不复存在。生活变得温馨和顺，日子过得轻松愉快，既不担惊受怕，也不顾虑暗中藏着敌人。

它不知不觉开始怀念北方的雪。一想到雪，它就觉得这里的夏天太长。实际上，它只是模模糊糊、下意识地怀念雪。同样，当夏天火热的太阳晒得它难忍时，它就有一种想回北方的隐隐约约的欲望。每逢这时，它就感觉不安和浮躁，但它不清楚为什么会这样。

白牙一直不善于表达自己的感情。它要表示爱，只会往主人的腋下钻，或是在叫声里渗透一股柔情。它对主人们的笑声特别敏感。笑声曾经使它发狂，使它大发雷霆。但它从不跟它亲爱的主人生气。当主人善意地笑它时，它便露出一脸窘态。听到笑声时，它也像过去那样生气，也感到一种刺痛，但因为它爱主人，它不能生气，它必须作出另外的表示。开始，它摆出一副尊贵的样子，主人就笑得更厉害，笑得它只好收起那副尊贵的面容。它微微张开嘴，嘴唇微微翘起，眼睛里露出会意的表情——一种看似"幽默"，实为"爱"的表情。它已经学会笑了。

它还学会跟主人一起玩耍，倒在地上打滚儿，任主人耍弄，它则假装生气，怒发冲冠，凶狠地吼叫，牙齿咬得咯咯响，好似要把主人一口吞进肚里。但它头脑始终清醒，它只是冲着空气咬。在他们厮打吼叫得不可开交时，突然停止战斗，相隔几尺站开，你看着我，我看着你。然后，突然间，就如同太阳从咆哮的大海中升起一样，他们大笑起来。笑到高潮时，主人伸出胳膊搂住白牙，白牙则用它那充满柔情的声调叫起来。

别人从不曾跟白牙这样玩耍过，它不允许别人这样对待它。它保持着一副尊贵的样子，谁想跟它玩，它就怒冲冲地叫，警告对方，它可不是好玩的。主人可以跟它为所欲为，但这绝不意味着它是大家的狗，或是公共的财产，你也可以亲一亲，他也可以爱一爱，谁都可以跟它玩耍，跟它寻开心。它只一心一意爱一个人，绝不降低自己，绝不贱价出卖自己的爱。

主人经常骑马外出，白牙的主要任务之一就是陪主人出去。在北方，它终日拉雪橇，以此表示它对主人的忠诚，但在南方没有狗拉雪橇，也没有狗驮东西。所以，它用一种新的方式——跟在主人的马后边跑——来表示它对主人的忠诚。不论跑多远的路，它也累不垮。它跑起来像狼一样滑行，步伐轻快。哪怕跑完五十英里，它也是跑在马的前边，得意洋洋地先跑进家门。

后来，白牙又学会一种表达感情的方式，跟骑马有关，奇妙极了，白牙一生仅有两次用这个方式表达它的感情。第一次是主人教他的纯种烈马开门关门，这样他就无须下马。一连很多次，他把马骑到门口，让它开门，每次马都害怕，往后退，然后就跑开。马很紧张，猛地站起来，主人用脚蹬子踢它，示意它把前蹄放下，可是，它反而蹬起后腿乱踢。白牙心里很着急，后来它实在忍不住了，跑到马前，冲着马拼命地叫，吓唬它。

虽然白牙经常冲着马叫，主人也鼓励它这样做，但它只成功了一次。后来，主人不在时它叫，马在牧场上奔跑时它叫，马蹄下面突然蹿出一只长耳兔它叫，马急转弯时它叫，马绊倒了它也叫。有一回主人摔断了腿它更叫，这匹马真让它生气，它冲着马的喉咙咬去，但被主人喝退了。

"回家！回家去！"主人知道自己受了伤以后，这样命令它。

白牙不肯离开。主人本想写一张纸条让它带回家，但他没带纸笔。他又一次命令白牙回家。

白牙眼巴巴地望着他，转身走了，然后又跑回来，冲着他轻轻地叫。主人用温和但很严肃的语调对它解释，它立起耳朵聚精会神地听着。

"没关系的，老伙计，快去吧，"他说，"回家去告诉他们我出事了。回家吧，你这只狼，快回家！"

白牙听得懂"家"这个字，虽然它听不懂别的字，但它知道主人是让它回家。它转过头去，不情愿地迈着小步跑了。跑了一会儿又停下来，犹豫了一阵，回过头来看看。

"回家去！"主人大声喊道，这回它乖乖地跑了。

白牙回到家里，全家人正在门廊里乘凉。它气喘吁吁，浑身是土。

"威登回来了。"威登的母亲说。

孩子们看见白牙回来了，吵吵嚷嚷地迎了过去。白牙躲过他们，直冲门廊跑去。孩子们把它截在摇椅和栏杆之间，白牙叫着要挤过去。孩子们的妈妈有点不放心，朝他们看了看。

"说实话，白牙和孩子们在一起时我有点紧张。"她说，"我担心，说不定哪一天它就会跟他们翻脸。"

白牙拼命地叫着，从孩子们中间跳出来，把他们撞倒在地上。妈妈把他们叫回来，安慰了几句，嘱咐他们以后不要惹它。

"狼毕竟是狼，"法官斯科特说，"不可大意。"

"可是它不完全是狼。"贝思替不在场的哥哥说了一句话。

"这只是威登的说法，"老斯科特说，"他也只是猜测白牙身上有一点狗的血缘，实际上他对此并不了解，他自己也会这样说的。至于白牙的那副长相吗……"

他还没有说完，白牙已经来到他跟前，着急地叫着。

"走开！躺下，我的先生！"老斯科特命令道。

白牙转向主人的妻子，一口咬住了她的裙子，把裙角撕下一块，她吓得尖叫起来。这时大家的注意力全集中在白牙身上。它不再嗥叫，只是站在那里仰望着大家的脸，它的喉咙痉挛地颤动，但是叫不出声音，只见它扭动着身体，挣扎着想表达它心里无法表达的意思。

"我想它不是要疯吧？"威登的母亲说，"我跟威登说过，这里的气候炎热，恐怕北极动物适应不了。"

"我看它是要说话。"贝思说。

白牙真的说话了,汪汪汪,一连叫了好几声。

"威登出事了。"威登的妻子很肯定地说。

他们这时都站了起来,白牙跑下台阶,回头看他们,示意他们跟上。这是它一生中第二次,也是最后一次,用叫声让人们明白了自己的意思。

通过这件事,白牙在谢拉·维新塔的人们的心目中就更受欢迎了,连那个胳膊被咬伤的马夫也承认,即使白牙和狼一样凶狠,它也是一只非常聪明的狗。老斯科特仍坚持原来的意见,他从百科全书里和各种自然史的著作中旁征博引,来证明他的理论,可是人们不买他的账。

在洒满阳光的圣克拉拉谷,时间一天天过去。当白天开始变短,白牙在南方度过的第二个冬天到来时,它发现了一件怪事。考种的牙齿不像从前那样尖利了。考利咬它时,它觉得好玩,一点也不疼。考利围着它玩耍时,它就一本正经地陪考利玩,颇有点滑稽。

一天,考利把白牙引到后牧场,进了树林。白牙知道那天下午主人要骑马出去,马已经备好了鞍子,站在门口等着。白牙犹豫了一会儿。可是它身上有一样东西,胜过它所学的法律和已经改变的生活习惯,胜过它对主人的爱,也胜过它要独自生活的意志。正在它犹豫不决时,考利咬了它一口,然后便跑开了,它掉过头来就追。那天主人是自己骑马出去的。白牙和考利在树林里肩并肩地跑着,就像它的母亲吉士很久以前在北方的树林里一声不响地跟着独眼狼肩并肩地跑着一样。

五　睡狼

大约就在这个时期，报纸上连篇累牍地报道一个罪犯从圣昆廷监狱大胆越狱的消息。这个罪犯是一个极其狠毒的家伙，当初在娘肚子里就不是好胎，不该来到这世上，后来社会又未能把他改造好。社会的手是粗暴的，此人则是社会手工制造出来的一个令人吃惊的样品。他是一个畜生——一个披着人皮的畜生，这话一点也不假，甚至还可以说，他是一个可怕的吃人畜生。

任何惩罚都未能使他屈服。他顽固不化，他可以不要命，但他不肯活着挨打。他越是凶残地坚持斗争，社会对他就越粗暴，结果就使他变得更凶残。穿紧身衣，不给饭吃，用棍子打，这些手段对吉姆·霍尔通通无济于事，而这些恰恰是他所受过的惩罚。打从童年在旧金山贫民窟生活的时候起，他所受的待遇就是这样，那时他好比是被攥在社会手中的一块柔软的泥坯，还可以造就。

吉姆·霍尔第三次服刑期间，他碰上一个狱卒，此人和他一样，是一个极其凶狠的畜生。这个狱卒对他很不公正，常在典狱长面前说他的坏话，损坏他的名声，对他进行迫害。但他们之间有一点不同，狱卒腰里别着一串钥匙和一支手枪，吉姆·霍尔则是赤手空拳。有一天，霍尔扑上去，像丛林野兽一样咬住了狱卒的喉咙。

此后，吉姆·霍尔被打进铁牢，关了三年。铁牢的地面、屋顶以及四壁都是铁打的。三年之中他没有出去过一次，没见过天空，没见过阳光。白天屋里黑得如同黄昏，夜里则是漆黑一团，静如地狱。实际上他是被活埋在铁的坟墓里。他没见过人的面孔，没和人说过一句话。狱卒从外面把饭给他捅进来时，他就像野兽般嚎叫。他恨世间的一切。一连几天几夜，他冲着空间咆哮。一连几个星期几个月，他又一声不响，在黑暗静寂之中蚕食自己的灵魂。他是人，又是怪物，比一个疯子所幻想出来的可怕样子还要可怕。

然而，一天夜里，他逃跑了。典狱长说，这是不可能的，可是铁牢确实是空了，一个被杀死的狱卒横躺在铁牢门口。半身在里半身在外。在监狱院墙以外还有两个狱卒的死尸。为了不出声音，他是用手把他们掐死的。

他身上携带着从被杀死的狱卒那里抢走的武器——他就像一个流动的武器库，在社会有组织的追捕之下，逃窜于山林之中。监狱不惜重金悬赏缉拿他。贪财的农民们扛着猎枪追捕他，打死他也许能赚一笔钱，来偿还抵押贷款，或给儿子交学费。热心公共事业的公民们纷纷拿起武器，参加围剿罪犯的行列。一群警犬沿着他那带血的足迹紧随其后。还有侦探、警察，通过电话电报，乘坐特别快车，日夜兼程，跟踪追击。

有时他们追上他，有的面对罪犯表现很英勇，有的则钻过铁丝网惊慌逃避。人们在早饭桌上读到这些消息时觉得很有趣。每次经过这样的遭遇之后，都有被打死的和受伤的人用车拉回城里，追捕的队伍再由热衷此举的人们来补充。吉姆·霍尔又没影了。警犬到处搜寻那迷失的踪迹，一无所获。手持武器的追踪者来到偏远的山谷地区，逼着无辜的农民证明自己的身份，与此同时，十几个地方都有贪财的人为了得到赏金而声称他们在山坡上发现了吉姆·霍尔的尸首。

这时，谢拉·维斯塔的人们也在关注着报纸上的消息，不是因为他们有兴趣，而是因为担心。女人们心里害怕，老斯科特则满不在乎，还是有说有笑。这实在没什么好笑的，因为吉姆·霍尔的判决是在他的最后任期内由他宣读的。霍尔在法庭上，当着众人的面，扬言他迟早要报复给他判刑的法官。

那一次吉姆·霍尔是无罪的，属于错判。用小偷和警察的话说，这次审判是"跑火车"，意即草草定案。吉姆·霍尔是用"跑火车"的审判方式被投进监狱的，所指控的罪名根本不成立。只是根据他的两次前科，法官斯科特强行判他五十年监禁。

法官斯科特不了解情况，他不知道他实际上成了警察的同谋。有人编造伪证，所指控的罪名根本不存在，吉姆·霍尔是无辜的。而吉姆·霍尔并不知道法官斯科特不了解情况。他一直相信，斯科特了解情况，他是与警察狼狈为奸，合谋制造了这一荒谬的冤案。所以，当法官斯科特判他五十年监禁(实际上是把他变成了一具活尸)时，因社会对他的虐待而痛恨一切的吉姆·霍尔腾地站了起来，大闹公堂，最后由五六个穿蓝制服的狱警把他按倒。他认为，法官斯科特是这次冤案的罪魁祸首，他冲着斯科特大发雷霆，指着他的鼻子威胁说，他要报仇。然后，他就被投进了地狱，后来越狱而逃。

当然，白牙对此一无所知。

不过，白牙与主人的妻子艾丽斯之间有一个默契。每天夜里，人们入睡以后，她就下楼打开大门，让白牙进来在一层大厅里睡觉，因为白牙还不是室内狗，不允许它在楼里睡觉。到了早晨，别人还未醒之前，艾丽斯就来到楼下，打开门再让白牙出去。

一天夜里，全家人都已入睡，但白牙还睁着眼睛静静地在大厅里躺着。万籁俱寂。忽然，它闻到陌生人的气味，并听到脚步移动的声音。白牙不动声色，它一贯是这样。陌生人轻轻地移动着，可是白牙的动作更轻，因为它移动时身上没有衣服的摩擦声。它一声不响地跟着他。当初在荒野里，它曾捕捉过十分胆怯的动物，它懂得如何对它们进行突然袭击。

来人在楼梯底下停下来听，此时白牙如同一只死狗，一动不动地盯着他，等着。楼梯上面住着它的主人和主人的亲人们。白牙开始紧张了，但它还是等着。陌生人抬起腿——他开始上楼。

白牙开始袭击了，它出奇制胜，在行动之前没哼一声。它一跃而起，腾入空中，扑在陌生人的背上，两只前爪抓住他的双肩，同时用牙齿咬住他的后颈。白牙咬住不放，直至将他仰面朝天扳倒在地上。他们一起摔倒。白牙立即跳开，待陌生人挣扎着站起时，它张着大嘴又扑了上去。

谢拉·维斯塔的人们都惊醒了。楼下乱作一团，好像有十几个魔鬼在混战。他们听见了枪响，一个男人惊恐万状疼痛难忍的尖叫声和狗的吼叫声，夹杂着家具被撞倒和玻璃被打碎时发出的嘈杂声。

这场骚乱来之亦急，去之亦快，前后不过三分钟。楼上的人们吓得聚集在楼梯口。他们听见从黑洞洞的楼下传来一阵奇怪的响声，像是水中冒泡的声音，有时又像漏气时发出的咝咝声，很快就消失了，黑乎乎的楼下又恢复了一片寂静，但好像还有什么动物在艰难地喘息着。

威登·斯科特按了一下开关，电灯照亮了楼梯和楼下的大厅。他和父亲各拿一支手枪，小心翼翼地走下楼梯。其实，他们没必要这样警惕了，白牙早已替他们完成了任务。在东倒西歪、已经摔碎的家具中间躺着一个人。微侧着身子，一只胳臂盖着脸。威登·斯科特弯下腰，拉开他的胳臂，把他脸朝上翻过来，只见他的喉咙已经断开。他们明白了，他是被白牙咬死的。

"吉姆·霍尔。"老斯科特说。父子互相会意地递了一个眼色。

他们回过来看白牙。白牙也是侧身躺着，闭着眼睛。他们弯下腰时，它微微睁开眼睛看他们，尾巴轻轻动了动，想摇而摇不起来。威登·斯科特拍拍它，它的喉咙咕噜了一下，表示它已经感觉到了。它的咕噜声音很低，很快就停了，又闭上眼睛。这时它全身的肌肉松弛，好像瘫在地板上一样。

"把命都拼上了，可怜的东西。"主人嘟囔着说。

"我们来想想办法。"老斯科特说着，向电话机走去。

"不瞒您说，它只有千分之一的希望。"外科医生给白牙治疗了一个半小时以后下了结论。

　　晨曦透过窗户照亮大厅，电灯光渐渐显得暗淡。已是黎明时分。除了几个孩子以外，全家人都围着医生等着听他的诊断。

　　"一只后腿骨折，"医生接着说，"三根肋骨断裂，至少有一根扎破了肺叶。它流血过多，身体里的血几乎流尽了。很有可能有内伤，准是被砸着了。三颗子弹穿身而过是肯定无疑的。说它有千分之一的希望是太乐观了，我看连万分之一的希望也没有。"

　　"但是无论如何不能耽搁，只要有办法就得想。"老斯科特说，"不要考虑钱。给它拍爱克斯光片——什么办法都行。威登，给旧金山尼科尔斯医生发电报。不是对你不信任，医生，你明白，我们得想尽一切办法给它治。"

　　医生畅快地笑了："我当然明白。应该如此，只要有办法就得想。应该像护理病人和孩子那样护理它。不要忘记我的话，注意观察它的体温。十点我再来。"

　　白牙得到了护理。老斯科特建议找一个专业护士，女孩子们吵吵嚷嚷地不同意，她们自己把护理的任务承担下来。白牙闯过了医生所说的万分之一的难关。

　　医生误诊了，这不能责怪他，因为他一生都是给文明社会里软弱的人类治病、作手术，而人类世世代代过着安定的生活。跟白牙相比，他们皮松肉软，弱不禁风，娇嫩易折。白牙来自荒野，在那里弱者早夭，谁也没有安全保障。它的父母都是强壮的，它们的先辈也是一样。白牙从它们身上继承了铁一般强壮的身躯，从荒野里继承了顽强的生命力，它和别的动物一样，以它强壮的体魄、顽强的意志，坚韧不拔地生活着。

　　白牙身上打着石膏，扎着绷带，像囚犯似的被束缚住。它一个星期一个星期地熬着。它多半时间是在睡觉，做了很多梦，北国风光的壮丽画面在它的脑海里一幕幕地掠过。它也梦见了过去所经历的那些可怕的事情。它梦见和吉士在洞穴里生活、战战兢兢爬到灰狸子脚下去献忠诚和在唇唇及一帮小狗的追逐下狼狈逃命的情景。

　　它还梦见在闹灾荒的岁月里，它在寂静的树林里跑着，寻找食物；它梦见领着狗群拉雪橇，狗群排成扇面形通过狭窄地段时，米萨和灰狸子在身后抽着鞭子，喊着"驾！驾！"他梦见跟史密斯一起生活和斗狗的那些日子。每逢此刻，它就在梦中哼着叫着。看见它的人都说它在做噩梦。

　　但是有一个特别的怪物总在它的恶梦中出现——叮当作响的电车，就像一只巨大的咆哮而来的大山猫。它卧在树丛后面，等着松鼠从树上下来，它扑上去时，松鼠变成一辆可怕的电车，像一座高山轰轰隆起，嘴里喷着火焰。当它把老鹰引来时也是一样，老鹰从天空俯冲而下，像铺天盖地而来的电车落在它身上，它还梦见被关在史密斯的圈栏里，外边站着很多人，它知道又要斗狗了，它盯着圈栏门口，等着对手进来，门开时，闯进来的是一辆狰狞的电车。这样的梦它做过上千次，每次都十分逼真，十分可怕。

　　这一天终于来了，它身上的绷带和石膏拆掉了。那真是一个盛大的节日。谢拉·维新塔的人们都来了。主人挠它的耳朵，它充满柔情地叫着。艾丽斯称它是"圣狼"，这个名字非常受欢迎，斯科特家的女人们从此都叫它"圣狼"。

白牙想站起来，试了几次都不行，终因腿软又倒在地上。由于躺的时间太长，腿部肌肉已经松弛，腿力已经完全丧失。因为体弱它感到惭愧，好像它欠着主人的情而不能报答。因此，它越发要勇敢地站起来。最后，它终于摇摇晃晃地站了起来。

"圣狼！"女人们一齐喊着。

老斯科特得意洋洋地扫了她们一眼。

"'圣狼'这名字可是你们亲口说的，"他说，"我一直坚信不移。它如果只是一只狗的话，怎么也不会这样。它是一只狼！"

"一只圣狼！"法官的太太纠正说。

"是的，是圣狼，"法官表示同意，"权当这是我给它起的名字吧。"

"它还得重新学习走路，"外科医生说，"不妨现在就让它开始，它不会疼的。把它带到外边去。"

它就像皇帝一样，由全家人簇拥着关照着走了出去。它很虚弱，来到草坪时，它躺下歇了一会儿。

然后，人们鼓动它站起来走。白牙的肌肉慢慢恢复了力量，血液也开始在体内畅流。人们陪着白牙来到马厩，考利正在门口卧着，五六只小狗正在阳光下游戏。

白牙惊奇地看着它们，考利叫着警告它，它也小心地与小狗保持一定的距离。主人用大脚趾把一只正在地上爬的小狗挑过来，白牙不知怎么回事，有些紧张，主人告诉它不要紧。考利正卧在一个女人的怀里，用忌妒的眼睛瞪着它汪汪叫着警告它，并不是"不要紧"。

小狗爬到它跟前，它支起耳朵，好奇地看着小狗。它们互相闻了闻，它感觉到小狗那热乎乎的小舌头正在舔它的下巴。白牙情不自禁地伸出舌头，舔了舔小狗的脸。

主人们看见这个情景都高兴地鼓掌喊了起来。白牙很惊奇，莫名其妙地看看他们。它有点累了，又躺在地上，竖起耳朵，歪着头看小狗。其余的小狗也都朝它爬过来，考利心里很不舒服。白牙绷着脸，任它们在它身上爬来爬去。开始时，因为主人们欢呼，它又像从前那样有些不自然。当小狗们伸着滑稽的小腿儿，继续在它身上攀登时，它耐心地躺在地上，微闭着眼睛晒起了太阳。